孙文波 著

洞背笔记

300条
“现代汉诗”的
深知灼见

长江出版传媒 | 长江文艺出版社

图书在版编目（C I P）数据

洞背笔记：300 条“现代汉诗”的深知灼见 / 孙文波著. -- 武汉 ：长江文艺出版社， 2019.11

ISBN 978-7-5702-1188-3

Ⅰ. ①洞… Ⅱ. ①孙… Ⅲ. ①诗歌评论－中国－当代－文集 Ⅳ. ①I207.22-53

中国版本图书馆 CIP 数据核字(2019)第 174417 号

策划编辑：王苏辛
责任编辑：黄文娟　　责任校对：毛　娟
封面设计：周安迪　　责任印制：邱　莉　胡丽平

出版：长江出版传媒　长江文艺出版社
地址：武汉市雄楚大街 268 号　　邮编：430070
发行：长江文艺出版社
http://www.cjlap.com
印刷：湖北恒泰印务有限公司

开本：787 毫米×1092 毫米　1/32　　印张：7.75　　插页：4 页
版次：2019 年 11 月第 1 版　　2019 年 11 月第 1 次印刷
字数：102 千字

定价：45.00 元

洞背笔记：300条“现代汉诗”的深知灼见

孙文波

CAVE NOTES

The Insights of Modern Chinese Poetry

1

作为一个新诗写作者，我非常珍惜这一百年来新诗所获得的成就。这是好几代诗人，以对文化的巨大热爱，以及对文化前途的深入考察，以自己的智慧和学识，做出卓绝努力得到的回报。而正是对之珍惜，我们才需要小心维护，并以我们的殷勤工作，将之向健康、有效的方向推进。这当然需要不单付出热情，还要我们以更高的要求，更深入的探索，一步步走。同时，我们还需要既不骄傲自大，也不犬儒主义地看清楚存在的困难。在当下的环境中，恐怕困难已经不是来自于传统主义的否定，而来自于我们如何分析什么是今后写作的可能性。而且，这里面当然地包含了我们对自身写作得失的清醒认识。

2

如果没有基于文学的终极认知，没有在其关于语言、形式、时代认知，以及审美判断等等方面，做出真正具有前瞻性、创新性的努力，我对所谓的重建诗歌的地方面目，根本上是不信任的，也不认为是能够实现的。如果仅仅以为使用了某某地诗歌这样的说法，就能够获得地方面目，一切岂不是太简单了。中国当代诗歌所生存的环境，如果不考虑到其困境，不考虑其在创造性的思想观念上的现状，不考虑其从业人员对自身利益的私心考量，只是将其导向纯粹性的发展，无论怎么说，都会让人感到太一厢情愿了。

3

不知何种原由，我特别不喜欢看到国内出版物用“现代汉诗”这样的词。为什么要做这样的强调呢？难道我们用汉语写出的东西能被误看成英、德、法，或者其他国家的诗么？现代诗就现代诗嘛！其实就是用“现代诗”这样的命名，也不过是因为有“古典诗”的原因。历史上对诗的表述一般是“诗经”“两汉诗”“魏晋南北朝诗”“唐诗”“宋诗”,没有见到其中还加个“汉”字。如果搞成“唐汉诗”“汉诗经”，不别扭么？

4

对“诗意”的认识，当然是基于一个人对诗的认识之上的。如果没有真正从个体的认识上看到诗，也就不可能得出“什么是诗意”的有效结论。很多时候，我看到的不少人谈论“诗意”的言论，是建立在历史的、共同体的，以及可以冠之谓“审美一致性”的认识上的言论。他们对“诗意”的要求，没有让我看到来自于个体经验的认识。由此，他们也就不会理解一个从写作的经验出发，并面对语言的变化有独立认知的诗人，在写作中追求的“诗意”是什么。这也是我们为什么总是在一般人对“诗意”的要求中看到“责任、自由、人性”这样的空泛的大词的原因。

5

很多人在批评当代诗歌，尤其是批评一些具体的诗人的作品时，喜欢说“他是在用观念写作”。每次一看到这样的说辞，我心里就想笑。连这种话都敢说，还搞批评？因为说出这样的话表明的是，说话者根本没有了解，诗歌写作，从来都是在观念的支配下完成的。远的不说，现代主义以来，有哪一个伟大的诗人不是在自己明确的对诗的认识之下写作的？马拉美有关于“纯诗”“诗的音乐性”的观念，才会写出《骰子一掷永远消除不了偶然》这样的作品，艾略特、庞德有“后期象征主义”的观念，才会在写作中反对维多利亚时期的浪漫主义诗歌。至于，二十世纪的超现实主义、阿克梅派、运动派、纽约派等等诗歌流派的写作，谁不是建立在对怎么写作的清晰认知下的呢？就是中国当代诗歌，从二十世纪八十年代到现在，不管是不是建立了流派的诗人，只要稍微写得有趣一点的诗人，哪一个又不是有自己关于写作的一整套说辞的呢？即便是那些强调写作的感性，认为写作是反对理性的行为的诗人，不也是在一套关于诗歌是什么的说辞下，展开自己的写作的。可以这样说，正是在对写作有了清楚认识，形成了一整套关于当代诗歌的观念后，作为个体的诗人的写作才呈现出清楚、具体的个人面貌。相反，那些没有观念的诗人，大多数人都只能是面貌模糊不清的诗人。

6

近三十年来，我们见到过的谈论诗的大多数文字，基本是建立在乡愿上的，就是少数表现谈论者独立见识，还算不错的文章，亦没有完全摈弃乡愿。可以这样说，不彻底认识到乡愿的劣质性对谈论诗歌的负面意义，其余的都不值一提。

7

对诗的形态的接受，取决于对诗的形式价值的认知，任何一个从事诗歌写作的人，必定很难对全部的诗都接受，因此褒贬，在很大程度上只能被看作是分类学。或者是自我认同意义上的选择！

8

如果我说一个人没有把诗写坏，让人们读到的不是一首坏诗，我的意思是他已经做得很值得称赞了。原因在于更多的人以为自己写出的是好诗，其实连没有写坏都没有做到。

9

面对还在写的、我一直引为同道并尊重的诗人，我早已经不把他们写出了好诗当作一种要求。我其实根本不关心他们今天，或者明天是不是写出了一首好诗。对于我来说，写出了好诗还是没有写好，一点都不重要。在我这里，真正重要的是，他们的写作呈现出了什么样的可以被称之为“重要性”的特质。以及他们的写作是不是从建设的意义上为诗歌带来了什么。也正因为如此，对于我来说，写坏了的诗亦成为他们写作中重要的，也许是最重要的构成部分。因为，就我看到的情况而言，正是在写坏了的情况下，他们呈现给我们的是诗歌在当代发展中的思考，是一种寻找新可能性的路径的努力。

而对于那些纠结于谁又写出了一首好诗的谈论，我基本上没有兴趣。在我看来，只有差诗人才把将每一首诗写好当作自己的奋斗目标。而真正重要的诗人，只关注写作为诗歌带来什么。

10

关于现代诗与散文的关系，现在的人们多数会提到废名的一段话。其实，早在二十世纪初，庞德在其《回顾》一文中，已经有很清楚的论述。所以，每当有人议论当代诗的“散文化”时，我一般不会说什么。我觉得，那些以为只有用咬文嚼字的方式，用比喻、意象，或者喜欢在诗篇的构成上用语言的意外、变形、偏移来要求诗的人，其实是狭隘地理解了诗。如果照他们的那种要求，恐怕二十世纪一多半的诗人都会被踢出诗人的队列。其实，现代诗的确立，应该说是建立在语言对意义的发现之上的。在这一过程中，节奏、形式、对意义的抵达，是非常重要的完成“诗意”呈现的必须要素。只要做到了这几点，不管具体的诗篇怎样被一些人认为“松散”，仍然是不可否认地是诗的。我自己在这一点上深有体会。有时候，当题材需要把细节的叙述作为必须，在语言的推进中以减小缝隙的方式来完成一首诗的建构时，它们也许会被认为是“散文化”的，但如果不这样，其对于细腻、生动的情感要求，以及对于准确的意义要求，又怎么可能完成呢？从这一点上说，它亦是对个人“诗学”如何建立的具体实践。要知道，对于任何一个诗人来说，怎么写作，完全是一种诗学观念的具体实践。正是在这样的实践获得了作品的支撑后，我们才会看到一个诗人是怎么被确立的。

11

艾略特说过伟大的诗人应该读全集。用这样的标准去检验中国古典诗人，杜甫是当之无愧的。他的一千四百多首诗构成了强力的整体。早期诗与晚期诗形成互补。但陆游就不行了,他的九千多首诗,会把人读吐，让人觉得其中大部分诗都没有意思。一个有趣的想法是，如果陆游将他的九千多首诗重新编选一下，只留下几百或一千多首诗，那又会给后来的人带来怎样一种阅读感受，是不是会让我们觉得他是一个比现在的他更伟大的诗人呢？说起来，就历史而言，有时候散佚，对于一个诗人也许是更好的结果。

12

那些天天用古典诗来批评当代诗的人，有点像这些天网络上被批评的一塌糊涂的中国武术中的太极大师，所作所为，总给人鬼神附体的感觉。其实，如果深究一下，人们会发现，这些人大多是学了古典诗的皮毛，根本上让人不堪目睹。所以，当代诗的工作之一，从某种意义上讲，是以现代搏击之术，将他们装神弄鬼的皮扒下来。不管情况如何，这都是当代诗的任务之一。

13

诗歌的接受过程是有意思的现象。在过往历史中看，我们会发现很多让人感慨不已的情况。譬如杜甫生前诗歌不受重视，一般选本都上不了。而苏东坡写出来一首诗，天下便竞相传抄。不过最终他们都是中国文学史上影响力重大的诗人。只是在这里我关心的问题还不是这个。我关心的是一个诗人的作品是什么人在阅读，或者说在怎样的情况下被阅读。譬如阅读汪国真的读者，可能成为阅读艾略特的读者吗？或者阅读普列维尔《在公园里》的读者，会成为庞德《比萨诗章》的读者吗？我认为这里面其实隐含了这样一个问题：即，阅读这种事情，表面上是读者在选择作品，实际上作品也在选择读者。而一个诗人，在阅读的最理想情况下，应该是由作品来选择读者的。也只有这样，才会真正做到写作的目的性。而且我一直相信，只有写出了能够选择读者的诗的诗人，才在诗歌存在的意义上做到了有所建设。再进一步，也许应该这样说，不能选择读者的诗，不应该成为一个诗人的写作追求。

14

当代诗坛经常出现吓人的说辞，譬如“汉语的堕落”“语言的未来”之类的。对这样的说辞我的确搞不懂。“汉语的堕落”？难道不应该首先是写诗人的“堕落”么？语言本身作为一个交流工具，不管是新词的出现，还是旧词的使用，主要还是在于使用者在诗学的意义上赋予其什么样的意义。对于一个好的诗人来说，根本不可能存在什么“语言的堕落”这种情况。不管是所谓的高雅语言，还是所谓的低俗语言，如果写作者不能在诗学的意义上完成意义的建构，都将是一种对于写作者能力本身的质疑。奥登、拉金这样的诗人，一反前代诗歌，把很多被称为俚语的词语引进到诗中，他们创造的是对语言指向能力的扩大化。很少有人说他们让语言堕落了，而是认为他们给英语诗歌注入了新的活力。所以，那些谈“汉语的堕落”的言辞，在我看来不过是故作惊人之语的，哗众取宠的行为。另外，“语言的未来”，语言当然有未来，其未来是，它仍然是人们不得不用以表达自己，建立沟通的必需的工具。如果说，时间在推进，事物在变化，人类对事物的认识能力在提高，那么找到新的表达与事物关系的方法，让语言更为清晰地呈现自我在具体时空中的存在状况，就是语言的未来。而这一未来是必然的。除非有一天,人类不需要表达自己了。所以，我一点不担心什么“语言的未来”这样的问题。我担心的是为什么如此傻的问题会成为问题，并在今天的诗坛出现。

15

在我读过的文学史著作中，勃兰兑斯的《十九世纪文学主流》、韦勒克的《近代文学批评史》，是让人印象深刻的两本书。一是他们的写法，二是他们的见解。在中国几乎没有人能写出达到这种级别的谈论文学的书。中国古代那种校点似的谈论，虽然不乏杰作，但都是点评一样的东西。近代以来，虽然方法上有所改变，但又多变成了记流水账。鲁迅的《中国小说史略》、王瑶的《中古文学史论》，应该算例外，二书写得都很精神，概括力高超，但是失之简约。且读起来文体没有那么有趣。当代批评就不用说了。细分下的个案研究，或许还有一些写得有趣，但在整体描述方面几乎读不到有趣的书，多为铺陈和罗列现象。至于像《剑桥中国文学史》这样的由外国人写的中国文学通史，读起来倒是轻松，也有一些见识，但最终让人感到像普及读物，不能实现阅读满足。

16

如果按照现在的分类法，我身上应该贴上“打工诗人”的标签，但是现在人们在谈论我时却把“知识分子诗人”之名冠在我的头上，尽管我一直对此不以为然。如果要给我一个标识，我更愿意称自己是“无产阶级诗人”。不过，在我这里，这一标识不仅是身份标识，更主要的是一种写作意识。我的意思是，贯穿在我的写作的内在精神，表现出的认识事物的方法，以及由此建立的与世界的关系，还有对待语言的功能的看法，是无产阶级的。我甚至认为，这并非是我有意要这样做，而是个人的生活经历，身处的社会环境以及环境带来的看待事物的角度，在潜意识中已经对我谈论问题的方式和得到结论有所约束，甚至是强制性的暗中规定了方向，让我的写作被框定在大体可以看出范围的框架内。在明白了这一点后，我已无意做出改正。我觉得，这其中其实隐含着我们对当代写作的意义的认识。也正是从这一点出发，我已发现当代写作的问题，对于很多人来说，仍然是自身身份的认定问题。如何在现实的社会身份中找到与自身的写作相关的意识、方法，仍然是很多人需要认真考虑的问题。就像我从来不认为自己能够写出资产阶级的诗一样，对于我，所有的写作，哪怕谈论最虚玄的形而上问题，也不可能获得资产阶级的结论。现在我想的是，在当代社会身份已经发生变化的情况下，那些以为自己已经进入了社会精英阶层的诗人，他们会写出与我的诗不一样的诗吗？对此我很期待。但是，暂时还没有读到这样的作品。不过，我不希望人们误会的是，无产阶级诗人虽然首先是身份认定，但更重要的是思绪方法的选择。并不意味着对写作没有审美要求。它同样是一种审美认知上的对语言、形式、结构方法的建构。而这种建构，仍然具有绝对性，即：它是与追求诗歌艺术的最大化的努力同构的。

17

任何强调自身写作重要性的言论，我都将之看作“合法性焦虑”的产物。原因在于，一个按照自身对于诗的理解来写作的诗人，其写作对于整个诗歌历史而言，局限性总是非常明显的。也许天赋、才华、修养，以及对于诗歌历史的认识，会让一个诗人写出很不一样的作品，并相对于他的同时代写作者，呈现出某种更深入、更活泼、更有趣的特质，但是，很可能不可避免地也存在着没有被其发现的漏洞。在这种情况下，再说什么亦显得多余。我的意思是，写，本身就是呈现，就是存在。并不需再通过说来增加什么。

18

虽然我谈到自己是“无产阶级诗人”，但是我在内心里对能够写出“中产阶级的诗”是存在期待的。毕竟，人类生活的方向正在努力朝着社会的中产阶级化发展，也有越来越多的人步入了中产阶级的行列。如果进入这一行列的诗人，能够写出与他们现在身份相符合的诗，应该说是一种正常的现象。从好的方面说，中产阶级的文学趣味，应该包含了一种教养，对优雅的认同，良好的审美趣味，向上的努力和普遍的同情心。所以，我并不认同那些关于“底层文学”的一般纲领。我觉得在强调这一问题时，很多人的思维过于二元论了，把意义上升到了简单的对抗层面。因此，他们没有能够真正地从诗学的、全面的要求出发，仅仅对态度做了过分的强调。虽然这一强调可能在某一层面上有其“政治正确”的意涵，但是，其中显现出来的文学价值观的偏移，也是非常醒目的。在今天这样一个普遍的把追求更好的生活看作具有社会正当性的时代，如果在文学中不能将这一正当性纳入自己的追求范畴，无论怎么说，也是缺少道德说服力的。

19

在诗歌领域，一旦谈论底层、弱势，似乎当然地占有道德优势。这其实是一九四九年以来的逐渐形成的一种观念，是在不自觉地实践着国家主义的社会分类学理论。因此，以警惕的态度对待这类话语，在我看来实际上是让自己始终保持思想独立性的必须要求。当然，我的意思并不是不需要在诗歌领域谈论底层、弱势这些话题，而是谈论者必须意识到在谈论这些话题时，道德正当性并不是先在的，它仍然只存在于具体的话语逻辑中，如果谈论者没有真正地获得对之有效的把握，就不可能得到道德有效性。这也是为什么近几年出现的一些关于底层、弱势的谈论，并没有获得人们的赞赏的原因。用一句比较武断的话来说，就是：“逻辑错了，一切都错了。”

20

关于形式对于诗歌的重要性到底应该如何看待的话题，从二十世纪八十年代至今一直是当代诗写作引发争论最大的话题。我倒是觉得其实这个问题很好想明白。不用说远了，只要读读二十世纪那些伟大的诗人，从叶芝、庞德、艾略特、史蒂文斯到奥登、曼捷斯塔姆、米沃什、希尼、沃尔科特等等，从他们的作品找一找他们为什么能够被称之为伟大诗人，就应该能够找到答案了。我们看到的是，他们既是个人风格鲜明，有自己的形式独特性的诗人，又是在表达人类与世界的重大主题时，呈现了自己深入、广阔认知的诗人。如果没有这两方面完美地置于一体，我相信所谓的伟大可能真会与他们无缘。在我的理解中，对形式的要求，有时候可能是被内容渗透的，即内容催生着形式出现。在这一点上，它们是在用相互作用的力量对诗歌进行着规范。我很难想象，一首被称为好诗的作品，只有形式是好的，而内容不好，或者说，内容很好而形式要不得。我不认为这样的情况会出现在诗的写作中。当然，我对所谓的“诗歌的道德底线”这样的说法不感兴趣。因为在我看来,底线的设计，完全是由最终完成的作品是否成立来确定的。不能保证一首诗成为一首诗，再多的道德底线，都是与诗无关的。诗歌的道德，首先是关乎诗歌的，然后才是关乎道德的有效性的。

21

当代资本对诗歌的渗透，以及其越来越在诗坛具有支配性力量，已经成为明显的事实。不少写作者因此被卷入其中，在资本面前失去了明确的判断力，变得被资本牵着走，甚至因此做出一些对资本谄媚的事。这一点让人看了不免唏嘘。就认识而言，我并不反对资本与诗歌建立某种关系，并认为在好的情况下，这会为写作者带来有益的影响，对诗歌在当代社会的推进产生好的作用。只是，应该搞清楚的是，如果写作者没有建立诗歌在当代生活中的作用的清晰认识，没有基于古老的诗歌道德建立起基本的美学标准，面对资本的干预在行为上失去了方寸，那么情况就变了。但令人遗憾的是，我们不得不看到现在的很多人误以为依靠资本的渗入，可以改变诗歌的价值评判标准，进而让诗歌的标准成为唯我独尊的，任自己随便怎么说的东西。这就是本末倒置了。我当然反对这样的本末倒置，并坚持认为，在任何情况下都必须面对资本保持警惕，不要被其扰乱了心性，尤其是不能扰乱了自己面对诗歌进行评价时的基本标准。

22

突然想到了这样一个说法：派系评价。原因是当代诗坛常常让人看到很多诗歌批评文章谈论问题，其结论多半是建立在与被谈论者的关系之上的。这样一来让人看到的是，其评价不足为信，基本上属于友情说辞。所以很多时候，如果看到某某某写某某某，或某某某写某某某，我又知道他们是什么样的关系，便不看这种文章。因为根本不用看也知道会是好话一堆。当然，我也不是说这类文章不好，或者仅是盲目吹捧之辞，但其尺寸失度大概是免不了的，而我又最看重文章的分寸感。我觉得就算是奥登、布罗茨基这种特别会写文章的人，一旦在写文章时失去了分寸，也是不能看的。

23

对传统的态度，并非来自对传统的理解，更主要是来自对现实的认识。如果没有真正搞清楚现实发生的一切正在或将要对我们的生活产生何种影响，这一影响又在多大程度上改变着我们的现在，以及可能在什么意义上改变我们的未来，那么也就很难理解我们对传统的态度是对还是错了。艾略特有关现在创造传统的说法，这种说法的意旨大概就是建立在这样的基本认识上的。所以，我对那些被人称之为体现了中国古典韵味的诗作基本上是不感兴趣的。我真的不认为用现代白话文，写出了几个阮籍、谢灵运或者周邦彦、姜夔的意象这种事就表明一个人与传统有了联系。如果事情真有那么简单当然太好了，但问题是诗歌的精神是内在于人类文明，同时又对现实生活有推进能力的基本价值观之上的。如果我们没有能够真正做到这一点，不能在对传统的认识上找到它对今天的人类生活的帮助，不能增强我们认识现实的能力，那么，就是再怎么夸夸其谈地讲传统，也是没有意义的。

24

当代诗已进入了更复杂的境域之中。这一境域的特点在于，它以商业主义为社会发展的指导力量，从而有意模糊了与主流观念的界线。正因为此，我们看到在当代诗的主流与非主流的分类中出现了相当含混不清的划分。一些明明是主流背景确切的诗人，更愿意强调他们写作的非主流性；而一些非主流诗人虽然心里坚持自己的独立性，但其行为和写作又不自觉地成为主流观念利用的对象，并实际上产生了为其代言的作用。而在这种情况下，如何分辨，怎样评价，实际上对我们提出了更高的要求。

25

我推崇的是艾略特写《四个四重奏》那样的想象，也推崇庞德写《罗马》一诗那样的想象。对于我，想象是一种诗的整体建构能力，所以我对一切仅仅体现在比喻，单纯的意象以及复杂的形容上的想象不感兴趣，也不觉得它们是完成一首好诗的必需条件（虽然可以说成也许有用的条件）。在我看来，如果没有真正的洞察力，不能在建构诗篇时获得对意义的发现与真正把握，不能让人看到最终诗篇呈现出来的精确、生动、有力的品质，所谓的想象是没有意义的。

26

我并不信任阿甘本、布朗肖这样的理论家对诗歌应该如何如何的谈论。虽然他们写下的东西，给人头头是道的感觉，但总体说来，仍然让人觉得有隔靴骚痒之嫌。这一点与中国当代诗现状很像，一些纯粹搞批评的人写下的评论，大多让人觉得不得要领，写得不错的基本是诗人之作。其实很多人都看出来了，现在搞诗批评的人，多半都会写点诗。但这又是最能说明问题的事。有些人写诗好像很气足，但真是差。这样一来他们的文章不能不让人怀疑，一个人如果连自己写诗是好是坏都不清楚，能相信他谈论诗的文章么？他还不如不写诗，藏点拙也许能让人觉得还高深莫测嘛。

27

对浪漫主义的批判，是现代诗写作被确立以来所出现的人们认知上最大的错误。很多人以为以庞德、艾略特为首的现代主义诗人，是浪漫主义的反对者。其实，庞德、艾略特等人所反对的，是维多利亚后期消极的、病态的浪漫主义。在我的眼里，浪漫主义作为文艺复兴时期以来，一种积极的认识世界与人类关系的思想方法，在系统性地理解人类生活方面一直有积极意义。而这一点，到今天也不过时。它仍然是我们必须要认真对待的人类精神生活的伟大遗产。鉴于此，我想说的是，如果我们能够正确地处理自己对浪漫主义的态度，它将带来的是我们对写作出积极、有效、充满激情的诗歌的正确认识。所以任何时候我并不忌言自己是浪漫主义的积极追随者。

28

用一种观念对抗另一种观念，这是当代诗歌写作中无论自觉还是非自觉呈现的基本图景。正是如此，它让我们实际上处于非常尴尬的境域。而这样的情况出现的原因，是我们从小就被训练成二元对立思维的方法论持有者。很多时候，当我看到有人执念于以批评的态度对待别的写作者，并强调自己写作为主流为正道时，我最强烈的感受是，尽管很多人不承认，但其实他们并没有逃脱被置身其间的时代环境所塑造的命运——他们用以反对别人的那一套说辞以及方法，恰恰是由他们反对的思想方法提供的。

29

当代诗的标准由什么确定是一件让不少人头痛的事。尤其是那些想要为当代诗确立标准，并想要用自己确立的标准衡量别人的写作的那些人，尽管他们用了很大的努力来设计一套甄别诗歌的标准，但常常让人发现，用这一标准来衡量一些具体的诗歌时是无效的。原因在于，当代诗是建立在个人对形式、方法的理解，甚至是建立在个人的语言习惯之上的。很多时候，我们的确很难用一套被设计好的标准来谈论某一位诗人的写作。譬如说，当我们用谈论卡瓦菲斯的标准来谈论布罗茨基时，会发现有些说辞根本用不上。我们能用谈论萧开愚诗歌的那些说辞谈论张曙光的诗歌吗？或者我们怎么把谈论黄灿然诗歌的说辞用来谈论陈东东的诗歌？再或者当我们认为臧棣的诗歌很牛，用以确立他诗歌很牛的那些说辞，可以用在谈论姜涛的诗歌上吗？他们每一个人的诗歌，最终得以成立，都是由自己对语言、形式、结构的不同认定来完成的。他们表现出来的诗歌特征，全部建立在自己对语言修辞手段，以及语言的声音节奏的个体理解之上。他们作为诗人之所以确立也是由于作品呈现出与其他人不一样的独立样态，而且正是这种不一样的独立样态使他们凸现出来，成为作品面目鲜明、形式特点明确的诗人。我们必须看到的是，如果我们要认定他们的作品是有意义的，首先应该做的是对其语言呈现出来的各种特质进行独立的甄别。而这一独立甄别的过程，实际上已经是对标准的反对。

30

博尔赫斯说：“文学的贫乏状况缺乏吸引力，从而产生了一种对风格的迷信，以及一种仅注意局部的不认真阅读方式。”博氏的这一说法用以描述中国当代诗，在我看来同样是契合的。我甚至认为近三十年的中国当代诗场域，亦是在对风格的迷恋中展开的。很多时候，对风格的迷恋甚至达到了夸大其意义的地步。它使得人们误以为呈现了某种风格特征的诗歌，就是实现了诗歌存在价值的全部意义的诗歌。很显然这是不对的。不过问题是，如何才能使诗歌从贫乏状况中脱离出来，则是另一个需要我们思考，并找到具体的实践方法的问题。这一问题不解决，博氏所谓的对“局部的不认真阅读方式”，将始终成为我们摆脱不了的状况。

31

惠特曼被称为“美国诗歌之父”，与他积极地在诗歌中谈论对美国的认识有关。阅读他的作品，会发现他的写作基本上属于写宏大题材，如《对各州》《我听见美利坚在歌唱》；哪怕是《阔斧歌》《一路摆过布鲁克林渡口》《风暴的豪迈音乐》，也将主题定在了谈论人与所置身其间的土地的关系之上。这一点惠特曼其实和德国诗人荷尔德林很像，荷尔德林也是将大量的作品放在了对德意志的谈论上，写下了诸如《莱茵河》这样的诗篇，因此也被德国人看作国家诗人。中国诗歌从古至今似乎没有这样的，以谈论对国家的认同作为自己写作方向的诗人。就是屈原、杜甫这样的最具有家国情怀的诗人，也没有写出像惠特曼、荷尔德林写出的那样的诗篇。这里面的意味让人深思。是不是这里面存在着国家认同呢？或者，像惠特曼那种对处于上升时期的国家发展抱有强烈的认同感，并在其中看到了一个民族想要支配自己命运的积极力量，是这种积极力量促成了他在写作中的选择。由此我想到了古希腊时期品达罗斯这样的诗人，他的关于奥林匹克运动的颂歌，亦让人感到对国家认同的喜悦之情。那么我们是不是可以这样说呢？如果一个诗人能够在与国家关系的认识上获得喜悦感，其写作与国家的联系将会加强。

32

对语言是否信任，其实取决于我们对自己是否信任。只有在信任的前提下，我们才会热情饱满地，在成功的渴望的驱动下努力寻找它存在的可能性，进而才能做到真正的有所发现。那么，我们能够对自己在什么意义上信任呢？当然是在敏感、饱学、洞晰的意义上去做到这一点。从历史主义的角度来讲，这里面包含了对语言的过去、现状，以及未来发展的可能性的深入了解。也就是说，信任是建立在胸有成竹的基础之上的。因此，我们不能轻率地谈论与语言的关系，也不能绝对化地谈论这种关系。轻率的谈论，很可能会是不道德的。而道德，无论怎么说，也是诗歌写作必须考虑的出发点。

33

节制，一般情况下被众人当作诗歌写作的原则之一。与之对应的，基本上是对放纵的批评。但是，放纵在诗歌写作中真的要不得吗？作为一个具有诗学意义的问题，仍然是有趣的。在我看来，放纵在诗歌中可以分为几类，一是对情感上的放纵，二是在形式上放纵，三则是语言上的放纵，甚至还有结构上的放纵。近来，我十分感兴趣的是，形式和语言上的放纵。有时候我觉得，米沃什的《一个自然主义者之死》即是形式与语言放纵的诗篇，这首诗在分节上的自然主义态度，语言使用上的散漫和自我嘀咕似的推进，以及意象的无限制的引申，都应该说具有任性、自由、想当然的特征。它的出现让我觉得，当写作到了一种境界，放纵其实成了一种具有支配意义的特权。我读佩索阿时也有这种感觉，他真的是率性而写啊！想到什么写什么，想到哪儿写到哪儿。虽然有时候觉得太叨叨了，但我觉得这样的写作仍是很有意思的。再说一句，其实我觉得屈原和李白似乎也可以被看作放纵写作的诗人。对他们管它三七二十一、如水一泻千里般的语言推进，我们不能不感慨万千。所以啊，我现在是非常想达到写作上的放纵的。我希望自己能在最真实的意义上不管不顾地写出新的诗篇。

34

虽然我们不能用进步论来看待诗歌，但是，人类在认识世界方面的进展，尤其是自然科学在认识宇宙，无论是宏观的还是微观的认识宇宙的进展，不可避免地让人类看到了置身其间的世界变得比过去更加复杂。这也使得人类必须用更复杂的方法才能建立与世界的对话。诗歌肯定必须适应这样的复杂变化，才有可能呈现对之的认识，获得探究其秘密的能力。不过尽管复杂，我们还是应该看到现代性是当代诗的龙骨。这就像电是当代生活的支撑物一样。没有电，当代生活将无法展开。而不在当代写作中落实现代性，任何人写出的作品，都无疑会坠入陈旧的窠臼。这一点，尤其是我们在寻找当代诗与传统的关系时要仔细分辨。因为如果不能从改变的意义上完成让传统进入当代诗，不能使其产生把写作向前推进的力量，所谓的对传统的认知不管包含了什么样的天花乱坠的道理，都将是没有意义的。现代性，也可以说包含了对“新”的肯定。

35

我不太相信一个人能够喜欢同时代的每一个写作者，甚至能够喜欢大多数也是不可能的。这是基于写作是一种认知性非常强的行为。当一个人选择了某种自己认为有效的写作方式，并将之看作诗歌成立的基本方法时，虽然不能说他已经排除了其他的写作方式，但是对其中的重要、主次关系的分辨应该是明确的。尤其是一个人在面对体现了明显的观念对立的写作时，如果还能以同样的态度给予赞赏，在我看来，他如果不是在说假话，就是为了某种目的策略性地言不由衷。这种现象后面的真相有些人认为很复杂，但只要细想一下，其实并不那么复杂，或许它充分说明的是如今的诗歌场域中存在着利益交往，同时也说明当代诗歌场域的生态的确不如一些人认为的那样有趣。当然，我们也可以说这是另一种有趣。

36

能够将一些写得很差的诗歌，用一系列貌似很深奥的当代批评术语说成是了不起的诗歌，这是现在一些人的本事。每当我读到这些人的这种文章，心里只有一个词，太牛了。这种现象说明在某些人那里，当代诗歌批评很可能是没有意义的批评，或者是反批评的批评。如果深究一下，或许我们能够发现，这种情况的出现，其实并不是批评者的能力有问题，而是批评道德的缺失。的确，很多时候，支配一些人对差的诗歌说出其了不起的评价的原因，主要在于谈论者被某些诗歌之外的因素左右着。

37

人生处境能够决定一个人写出的诗的最终面貌吗？阅读齐梁那些帝王与权贵们，像萧纲、萧绎、沈约、孙绰等人写的诗，我发现他们所写，对形式的讲究大过了对内容的选择。而再阅读屈原、陶渊明、庾信、鲍照，还有杜甫这些诗人的作品，虽然对形式的讲究同样明确，但谈论的问题似乎印证了人生处境对他们写作内容选择的影响。这一点在杜甫的诗歌中表现得特别明显，他人生的不同阶段，主要是生活处境的变化，最终带来的诗歌无论在情感，还是情绪上，都是不一样的。这一点，只要看看他在战乱逃亡的路上，和相对平和生活的时期写下的作品就很能说明问题。我个人觉得杜甫写得最平和甚至带有喜悦感的诗，一是他早期的一些作品，另外就是他在成都生活的最初几年的作品。他晚年的诗，主要是由成都一路颠簸往湖南跋涉时期所写的诗，尽管已经臻至技术的化境，但仍然能让人看到其中情绪的尖锐、激烈，甚至某种认识论意义上的绝对。有人说，杜甫的大多数诗带有某种让人产生痛感的因子，而这些因子的存在应该是与他的人生处境有关的。有人大概会觉得，我这样看待诗与人生处境的关系，有环境决定论的色彩。

也许是吧。不过这也没有什么不好的。

38

我一直对“草根写作”“打工诗歌”等命名不感兴趣。哪怕有人非要扯这些东西是特定历史环境下，社会分层带来的文化现象，具有某种标志性存在的意义；并说从古至今都能找出证据证明这样的存在是一种基本的文化事实，且用《诗经》中的一些篇什和《古诗十九首》等文学经典来举例，我还是不以为然。在我看来，诗歌之所以产生正是人类自我精英化的体现，也是它的结果。它的要旨就在于通过对语言的技术性处理，使其在最精确的意义上获得对人类情感、宇宙奥秘以及与他人关系的认知，这里面包含了认识论、方法论的建构，包含了对自我精神存在的解析和确认。同时，它还以传达为目的，以教化的方式让更多的人感受到人类存在的意义。而这说明了什么呢？说明如果诗歌对价值判断有要求，那么这一要求肯定是建立在人类认知水平的高端的。一句话，它要是不能由从智力到精神都更为丰满的人手中生产出来，又怎么可能获得先进性呢？所以，即使是在社会身份的划分上，一个写诗的人属于某一特定的群体，也并不表明他在写诗这一活动中，此一身份必然会成为他写作的标签。他的写作当然属于对人类更高级精神活动的实践。

39

我不喜欢重写历史事实的诗歌。这种把史实重新组织一下，在其中使用大量引文的做法，在我看来存在着卖弄的嫌疑。至于说其中好像注入的新的历史认识，不管其是以神秘主义作为噱头，还是把玄学当作骨架，总是把阅读者带向偏离现实的方向。如果再在其中混入所谓的现实批判，则更让人觉得是在耍滑头了。但是好像不少人总被这类东西忽悠住了，觉得写出此种作品的人是饱学之士，且见识深邃。

40

二十世纪有几位诗人，一是艾略特，大半辈子在银行当职员；二是史蒂文斯，在保险公司当高管；三是佩索阿，干了一辈子小职员；四是卡瓦菲斯，终身在埃及的亚利山大城待着。这几位以今天的眼光看，都是写出了非常了不起诗篇的诗人，可以用伟大称之。不过，人们很难从他们写下的作品中看到职业与他们写作的关系。这一点常常成为不少人反驳经历与写作关系的证据。

不过我倒是觉得他们的职业与他们的写作某种内在的联系还是存在的。不管是艾略特还是史蒂文斯，包括佩索阿，他们每天面对的都是需要计算的工作。从形式上说，计算是一种具有形式感的工作，而正是这一点上与他们所写的诗是有关系的。像史蒂文斯，他的诗篇大多数都是在抽象的意义上谈论事物，对其进行意义上的解析与命名，在形式上亦讲究对称与均衡。这些都与面对数字计算时有内在的一致性。而艾略特每天在银行工作，面对金钱的进与出，应该是最能了解经济状况带给社会影响的人。他的诗篇谈困境，谈危机，自然有第一手的数据做支撑。还有卡瓦菲斯待在亚利山大城，当然最能感受到时间带来的历史与现实中希腊文明存在的巨大差异。他写的那些谈论古希腊事物的诗是他最好的作品。其中大多数篇什能看到的是他对现实的感慨。我有时候假想如果他不是生活在亚利山大这座曾经是古希腊最辉煌的城市里，他还会写出那么多与之有关的诗篇吗？

41

考察不同民族的诗歌，有些有趣的现象让人注意，譬如法语诗歌一般认为写得热烈、性感，且注重玩花样，于是有波德莱尔、马拉美这样的诗人产生；俄罗斯诗人对命运的关注，使他们总是谈论着痛苦、绝望之类的话题，这与他们的哲学产生了舍斯勒夫、小说产生了陀思妥耶夫斯基这样的人物一致。而英语诗歌，几乎所有的诗人，不管是浪漫主义，还是现代主义诗人写出的作品，其经验主义的意味非常浓厚，这与他们的哲学产生了洛克、威廉斯的经验主义、实用主义似乎具有同样的思辨方法。我喜欢英语诗歌主要与他们具有经验主义色彩有关。在我看来哪怕华兹华斯、柯勒律治这样的被称为浪漫主义的诗人，其作品中也具有明确的经验成分。这使得他们哪怕最抒情的诗篇也写得非常具体，细节清晰，给人落到实处的感觉。至于现代主义以降的诗人，不管是庞德、奥登还是拉金，尽管写法不同，但阅读起来，我们仍能感到具体在其中产生的作用。说到叙事性，我觉得英语诗的叙事性非常明确。而德语诗歌在表现主义之前，几乎可以称之为理性主义的，不管是歌德还是荷尔德林，海涅还是席勒，都让人感到他们将诗歌变成了对事物存在意义的沉思。策兰一方面是表现主义之后的诗人，一方面与他犹太人的身份有关，再一方面大概与二战经历有关，他的诗应该说是德语诗歌中的例外。我个人觉得他的诗是经验被撕裂后的产物，因此其语言构成所呈现的碎片化非常明确。

42

海是非常难写的。在我的记忆中只有不多的几首诗算是写好了的。一是兰波的《醉舟》，二是阿诺德的《多佛海滩》，三是瓦雷里的《海滨墓园》。另外的一些，沃尔科特的《奥洛梅斯》，艾略特的《干燥的萨尔吉维斯》，也应该算与海有关的诗，只不过由于处理的主题更复杂，与海有关的只是其中的一部分，所以，应该另眼看待。希腊的埃利蒂斯也写了一些谈论海的诗篇。这位诗人不是我特别喜欢的诗人，我记得住的他的诗篇反而是与海没有关系的《疯狂的石榴树》，这算是他最好的诗了。不过，说起来写海音调最高亢的应该算惠特曼，他的《向着印度前进》，让人不自觉地在读起来时嗓音会提高八度。至于荷马就不用说了，他是写海的鼻祖。《伊利亚特》波澜壮阔，永远让人读之不倦。

43

诗歌可不可以分南北？这个问题考虑一下很有趣。中国诗歌的形式主义好像都是南方人在搞，譬如宫体诗对形式的讲求，基本是在南方发生的，而北方的诗人们大多写得意义高远，直至在意味上非常绝对、高迈。到了宋代，所谓的豪放派多出自北方，婉约派都在南方待着。就是杜甫，好像粗放的诗都是在北方时写的（三吏、三别等），而形式上专精的作品，又多是到了南方以后的产物，这种现象难道不有趣吗？当然，王维、李商隐算是北方诗人了（李商隐在益州待过，是不是也算沾过南方的地气？），但他们的作品又特别具有形式主义色彩。所以似乎话又不能说得太绝对，讲起来大概只有用比率说明问题了，即总体上说南方诗更讲求形式上的玩味。这与山水有关吗？好像是。北方的山水大概除了太行山、秦岭二脉，不管是黄河还是渭水、泾水，多为平铺直叙，而南方的山水拐弯抹角，机锋暗藏，长江在四川境内转来转去，几大峡险峻无比，两湖两江几个湖泊亦各具姿态。就像黄庭坚，让人感到大概也是在南方待多了，搞出来的诗歌亦如三清山、武夷山一样，峥嵘得很。不过我不把李白看作有形式感的诗人，他是天才，乱写一气照样牛 ×。说到这里，还有一点让人玩味，中国诗歌的诗体，像什么楚辞、山水诗、宫体诗、玄言诗之类的，好像多是出现在南方。

44

网上看到文章，说当年希尼之所以能得诺贝尔奖，与布罗茨基、沃尔科特二人帮他游说有关。这种说法是不是确切，在我看来并不是那么重要，关键的是希尼到底当得起当不起诺贝尔奖之名。从目前读到的希尼的诗与文论，我觉得他得奖是应该的。这里有一点可以讨论，为什么布罗茨基、沃尔科特要去为希尼游说，仅仅如很多人说的那样，因为他们是哥们儿么？恐怕问题不那么简单。希尼再怎么说也是叶芝之后爱尔兰最重要的诗人，他的作品对爱尔兰的现实与历史的触及惊心动魄，读之让人印象深刻，得奖一点都不辱没诺贝尔奖。倒是有些诺贝尔奖的得主并不那么实至名归。

45

二十世纪的中国现代诗走过的道路让人感慨，先是由胡适发轫，二三十年代有过一个百花争艳的时期，新月、创造，还有湖畔之类的派别纷纷上场。三十年代后期到四十年代，民族救亡带来左联的活跃，诗歌写苦难写救国，成为主流。虽然也有西南联大一脉受燕卜荪影响，学英美现代主义，有艾略特、庞德等人的影响，不过主要学的是奥登一代早期有社会主义思想色彩的写作。五十年代不说了，诗歌被要求与主旋律一致，直到七十年代末期才重新回到诗本身。朦胧诗既是一种改变，也是一个误解，不过亦造成一小时段的热闹。如果说中国现代诗堂而皇之地走上舞台，应该是八十年代以后的事了，有一些百舸争流、千帆竞逐的味道。九十年代初因为商业主义的影响又有些挫折。直到今天，现代诗已经成为正常承续的发展事实。很多人认为写成什么样都理所当然，其实并非如此。了解一下其中走过的坎坷，并非没有必要。

46

在个体的意义上重建对诗歌“政治正确”的考量，其中最重要的一点，似乎是将自己与我们所处时代的一致性相剥离，从而建立起属于自己的，看待一切事物的基点。在这里，或许真正需要的不是一种分辨力，而仅仅要求我们具有勇气。这一勇气的实质不是别的，是在于其中包含的，对众叛亲离的承受度。如果可以做到这一点，那么落实到写作中，带给我们的将是对诗歌道义的重新定义。很多时候，束缚我们的并非写什么，而是如何写才能够获得公众的认可。问题在于，从更深入的认识上看，公众的认可在大多数时候是“平庸的认知能力”的同义词。诗歌必须反对这样的认知。也就是说它必须做到并非总是面对公众说话。很多情况下，它更需要的是一种自话自说。它仅仅应该做到的是，对个体认知的充分体现。

47

有著述谈论五胡十六国时期，被称为胡人的一些乱世枭雄，在骨子里面对汉文化时是自卑的，像石勒面对汉使自称夷人，姚弋仲临死时还在要求后人归晋。而一些汉人，却在面对胡人时表现得很骄傲，如刘琨作为西晋使者求石勒帮忙时，还在说石勒作为夷人只能当臣子，汉人才能当国君。以至让人看到，尽管某些称帝的胡人，像北魏的开国皇帝拓跋珪，及后来的继任者，好几位都实际上具有雄才大略，但仍然把汉文化当成了自己立国的指导思想，最终成就了汉文化在某些方面的发展，譬如书法。从现在能够看到的一些存世的北魏文献，像碑拓什么的，那些连名字都没有留存的书法写得真是好。我一直喜欢北魏书法，觉得其中大多数写得浑厚、中正、苍劲，比起后世的一些东西看起来气象要庄严多了。有时候不免会想，这是不是恰恰与胡人从北方带来的气质有关？也许粗糙之人一旦讲起文雅来了，真的会为文雅注入一些不一样的东西。从这一点上说，当代诗是否也应该注意这样的因素，走一条各方面融合之路呢？如果有一天，我们能说现在的诗写得像魏碑一样好，或许会有点意思。

48

尽管情感作为要素是诗歌不可缺少的。但我还是希望自己能够写出像巴赫的钢琴曲《平均律》那样的技术色彩浓重的作品。我觉得《平均律》的结构严谨、均衡、平稳，有一种不露声色的镇静，表面上看起来似乎不难，其中隐匿的却是大难度。对于诗歌来说，如果能够达到将是非常了不起的成就。以至很长一段时间，听《平均律》成为我最喜欢的事情之一，几乎每天都要听上那么一两遍。但可惜的是直到今天，我亦没有学到将其灌注到自己的诗歌中。作为另一种艺术形式，语言在某些方面很难达到音乐带给我们的绝对性。虽然我并非马拉美那样的，把诗的最高理想建立在达到音乐的纯粹上，但是我仍然认为对诗歌而言，如果能够做到形式的均衡，一切在不露声色中展开，不管怎么说也是非常高级的。

49

阿多诺的“奥斯威辛之后，写诗是野蛮的”这句话，常常被用来谈论二战以后诗歌的处境。问题是这种说法只看到诗歌难以真正表达人们在具体的历史进程中遭遇的一切，尤其是难以表达内心在受到邪恶冲击后的震惊、恐怖甚至绝望。这使得“诗并不能阻挡一辆坦克前进”（希尼），从现象的角度看是准确的。不过我们还应该看到的情况是，尽管写诗成了“野蛮”的事情，对于改变人类处境的确没有丝毫作用，但仍然有大量的人还在写诗。所以，问题的实质可能并非写不写诗以及诗能够干什么，而是人类为什么要写诗。尤其是在明知道“写诗是野蛮的”之后还要写诗。这涉及的是诗是什么的问题。也许我们能够说的是，表达本身已经是人类与世界建立关系的，几乎具有本能意味的精神活动。这一活动的实质在于，它是来自于人内心的需要，而与外部世界设置的障碍无关。

50

布鲁姆谈到他曾经挑起过四次大的文学论战，结果都是以自己的失败结束。我欣赏他这样说，觉得他在这样说时心里一定很骄傲。其实，可能问题的实质并不在于失败与否，而在于一个人能否坚持认为自己的文学观念是正确的。今天，我们需要的仍然是这样的态度。就像我坚持认为二十世纪现代主义之后，诗歌是属于小众的文学式样，只能由专业人士来谈论。这种观点肯定会遭到很多人的反对，但尽管很多人反对我还是坚持这样认为。原因在于，现在的诗歌写作需要写作者拥有更多对人类知识的掌握。我的意思是说，在浪漫主义、后期象征主义、存在主义、精神分析学说、超现实主义、维特根斯坦语言哲学，在两次世界大战、电子科技高速发展以后，怎么处理个体与世界的关系，已经成为一个诗人必须面对的基本问题。如果一个人的写作不能在辨别、分析、呈现、改造的意义上完成对这些问题的理解，那么他的写作也就不能说做到了对自己所处的时代的理解，而连自己与时代的关系都没有搞清楚，又怎么能让人相信他写出的东西是有价值的呢？这也是我坚持认为现在的很多人写下的东西，并不是当代诗的原因。

51

从技术层面上说，讲究形式是完成诗的必要前提。这就要求我们必须在写诗的过程中，努力去思考语言的构成与具体诗篇的关系。这里面包括了如何选择意象，如何安排节奏，以及如何获得诗句的转换等一系列问题。只有在这一切都能够顺利完成的情况下，我们或许才能看到诗的意义指向和容量究竟达没达到预想的效果。应该说诗的最终成功，的确是取决于对容量的控制的，越是能够使容量外溢向大的范围扩展的诗，应该说成为一首好诗的可能性越大。相反，缺少这种能量的诗则基本上可以断定是没有什么意思的诗。我这样说好像有点唯形式论的色彩，但它符合诗从诞生之日起人类赋予它的使命——既然诗歌是人类从审美的意义上讲最高的艺术形式，那么它的确带有基本的对人类审美意识的技术性要求，即它是对我们如何看待美的具体落实。因此，怎样写一首诗实际上与我们的审美能力有关。

52

不管体式如何变化，诗的构成仍然需要我们在技术上做到“起承转合”。这一点我一直觉得非常难。古典诗，主要是格律体诗，像五律、七律，“起承转合”比较容易做到，是因为它们有“联”的要求，“首、颔、颈、尾”的明确划分，基本确定了怎么有效而合格地完成一首诗。但现代诗的“起承转合”则需要写作者在写作的过程中，根据诗的长度和内在发展自己去把握。这实际上很考验写作者谋篇布局的能力，并且考验写作者的控制能力。因此，在写的过程中，平衡、展开、推进、转移等一系列对诗而言必需的写作手段，均需要写作者在诗意具体发展的情况下由自己慢慢去琢磨。而且一旦控制不恰当，很容易出现失衡的情况，从而导致诗不成立，或者诗不是好诗。为什么我们经常读到一些首尾不一致、头重脚轻，或者说让人感到写得生硬的现代诗，关键就在于上面说到的那些方面没有做好。所以，我一直认为现代诗（当然是好的作品）是一种比古典诗更难写的诗，它表面上的可长可短、句转行长不受限定的形式、语言自由，使不少人误以为现代诗不需要技术控制，甚至没有形式要求。这当然错了。错的原因是因为他们不懂得现代诗的内在逻辑构成是更为复杂的。这种复杂需要写作者根据写作的形势用具体的写作策略去具体面对。

53

鲁西迪说，一个作家在写作的过程中必须成为自己正在写作的作品的批评家。我赞同这样的说法，并进一步认为，如果一个写作者没有在写作的过程中对自己的作品以批评家的眼光审视，其结果很可能是所写作品的缺点没有被发现，失去得到改正的机会。在这个意义上讲，我们可以说一个写作者在写作时是身兼两职的，他必须既是写作者，又是对写作提出批评的人。我非常看重这一点在自己身上的实现，觉得它的确能带来我们对作品完成度的自我监督。当然，有一点需要特别指出的是，监督的实施是建立在对诗歌的历史和现实的总体把握，以及建立在对技艺的发展与变化的清晰了解之上的，如果只是耽于个体写作的简单认识之内，则很难完成这种监督。我这样说的意思是，我们必须看到任何个体的写作实际是被置于诗歌写作的总体进程中的，写作，既是对历史的偏移，也是对历史的加入。我们应该了解的是，每一首诗的存在，其实都是在另外的诗的支撑下存在的。从来没有单独的绝对的诗存在于这个世界上。而任何阅读，对诗的评价，都是建立在与其他诗的比较之上的。

54

我一直把有一些诗人看作是阶段性诗人，他们存在的意义只能是向前溯的，即他们只对他们之前的诗歌史有意义。而有一些诗人是超越了阶段性的，这样的诗人不管是对他们之前的诗歌史，还是之后的诗歌史都有意义。阶段性诗人，他的写作面对的正是他之前的诗歌史，而对于他之后的诗歌发展并没有多少意义。原因在于他的诗没法拿来与他之后的诗人的写作进行比较。或者说一比较，人们会发现他的写作完全缺乏质量作为支撑，几乎不能对比，一对比只会得到写得很差的评价。也就是说，后来的诗人完全不把他看作可以传承的对象，反而是以抛弃他作为自身写作发展的前提。而哪些又能叫作非阶段性诗人呢？杜甫当然是非阶段性诗人了。他的诗歌不单成为我们检察他之前的诗歌史的尺鉴，也成为他之后的诗人还能学习写作的蓝本，并具有验证作用。还有很重要的一点是，如果人们仅从作品的角度来看，很多阶段性诗人是可以从诗歌集选中剔除的，没有他们的入选，一部历史性的诗歌集并不会让人感到失去了其丰富性。而超越了阶段性的诗人，恰恰是历史性的诗歌集的重要支撑，没有他们的存在，诗歌历史的伟大性将不足以体现。

55

诗歌的保守主义很可能会从曾经的先锋派中产生。这是需要我们任何时候都保持警惕的事情。原因在于，当先锋带来世俗意义上的成功，过去那些显得惊世骇俗的思想得到了普遍认同，并成为既得利益的支撑后，守住这些东西或许会变成不少人自觉或不自觉的行为，在这样的情况下，对那些更新的，可能改变已有格局的新思想、新现象以抗拒的态度对待，就不是什么不可能的事情。问题的严重性在于，在这一蜕变的过程中有人会浑然不觉，反而总是振振有辞地为自己已经是保守主义的立场辩护。如果这样那真是要命了。所以，不管情况如何，作为一个写作者，我希望把对新事物的态度看作审视自己是否还有创新意识的镜鉴。我认为对于写作来说，永远只存在“在路上”这一种状况。任何时候，我们都必须意识到，新，很可能不正确，有问题，但新，永远是对一个人写作的基本要求。在某种意义上讲，我甚至愿意自己在新的不正确的写作方向上不断地走下去。

56

用今天的目光看，我们总是会觉得一些在我们之前出现的，关于诗歌的观念说得并非无懈可击，甚至会将有些观念看作胡说八道。这里面有没有历史进步论的意识在作怪？我觉得是有的。不过另一方面我们也应该承认，哪怕在诗歌这样的领域，虽然“绝对”作为事实是存在的，但就行业自身的特点而言，仍然与人类对自身认识的发展关连在一起。这就像人类对宇宙的认识在不断扩展、深化一样，诗歌同样随着这一行业的从业者不断对问题的发现、分析、辨识，有些过去没有被以前的人谈论的东西出现在今天的写作者的谈论中。譬如当年瓦雷里谈论“纯诗”，很多人觉得此论高邈、玄秘，几乎是关于诗歌最深切、绝对的观点。但是，它的一些漏洞还是在今天被发现了——它几乎无法用作品自证。因此我们看到除了极少数人，今天还在谈论“纯诗”的人已经很少。就我个人而言，我现在更愿意谈论诗歌与现实的关系，谈如何落实这一关系的技术性问题。我发现，将此作为基点，很多看似简单、生硬的东西实际上可以生发出众多问题，譬如形式、主题、对语言的认识等问题。也就是说，它成了问题之母。一切诗歌的问题，都是由对它的认识而展开、推进和变异的。正因为如此，我现在对任何高妙、玄远、深涩的谈论诗歌问题的说法都不感到奇怪，甚至可以理解，并且觉得自己有能力将之全部拉回到与现实的关系上去解析。

57

人类生活中一旦发生残酷的事件，我们就总会听到“写诗有什么用”的怀疑声。这种情况，促使锡德尼写下《为诗一辩》的文章，促使希尼说出“在某种意义上，诗歌的功效等于零，从来没有一首诗阻止过一辆坦克。但在另一种意义上,它却是无限的”,还促使阿诺德说出“我们将因诗而得救”，也促使布罗茨基说出“美学是伦理之母”这样与诗相关的话。从人类生活的实际意义上讲，诗歌的务虚性质，的确让它看起来没有一点用。但如果我们考察历史，仍然会发现它的无用是另一种有用。难道我们能够说从人类的感知力来说，我们今天阅读李白没有受到教育吗？阅读屈原、杜甫，没有从他们的诗歌中获得对人类情感的理解吗？还有阅读像策兰这样的诗人，我们没有从其碎片般的语言感知到人类暴行对世界的伤害吗？这也是我们今天仍在阅读和谈论那些历史上的伟大诗歌的原因。所以，面对某一具体的事件，写不写诗是个人的选择，谁也无法就此批评，但就此得出诗是无用的结论，恐怕只能让人觉得有点夸大其词了。再推进一步，或许我们真正应该关心的是，为什么被一些人看作无用的诗歌，仍然在人类生活中存在？这其中的吊诡，的确是耐人寻味的事情。

58

有时候我会这样想，面对着混乱的时代，面对没有一点起色的生活，如果杜甫也产生了诗歌有什么用的想法，会出现什么样的情况？他会就此不写了吗？还有苏东坡，因为一首诗闹出了“乌台诗案”那么大的事情，差一点被杀头。他为什么出狱后不反省一下，还在那里一首又一首地写？他是有病么？其他方面，因为用文字谈论对世界的看法，葛兰西进了监狱，但还在里面写下了《狱中书简》。如此的例子真是太多了，如果举证，我们还可以说出文天祥、谭嗣同这样的人物，头都要掉了，还在那里写诗。诸如此类的历史事实的存在，好像从另一个角度解释了人类与诗歌的关系，就是人类生活中存在的自我表达形式，是一种内在的精神需求。所以，或许我们应该这样看待诗歌，它可能与用和无用无关，它就是一种人自救的形式。当杜甫写下“艰难困苦繁双鬓，潦倒新停浊酒杯”“百年歌自苦，未见有知音”时，我相信他并不是要得到什么，仅仅是想说而已。但这又有什么关系呢？他的说，是对自己的说，但我们仍然在今天听到了，仍然感慨。对于我们而言，这是一种教育，也是一种激励。而这一点，到了今天我们应该将之当作常识看待。如果还在纠缠有用与无用，的确意义不大，或者说没有意义。

59

诗歌与人品的关系，一直以来是很多人关心的问题。一些人认为，诗歌最终能写成什么模样，取决于写作者作为人的品格。但似乎实际情况并非全部如此。像曹操这样的，作为政治家与作为诗人，完全是两种形象：作为政治家，他被称为枭雄，形容他的词多半是暴戾、奸诈，“宁愿我负天下人”；作为诗人，他则写出了意境辽阔、深邃的伟大诗篇。还有美国诗人弗罗斯特，很多熟悉他的人觉得他为人小气、好嫉妒，从来不愿意帮助别人，但无疑弗罗斯特是非常了不起的诗人，他的《墙》《林中小路》等诗篇堪称佳作。正是因为有这种让人觉得人与诗不一致的情况，布罗茨基似乎说过，他对一个人到底是什么样的人并不关心，他认为一个人只要诗写得好，自己读他的诗就够了，至于人嘛，谁管他是什么样的。对布罗茨基的这一观点，我自己到现在也不知是赞同好呢，还是不赞同好。的确，在我的同代人中间好像也有这样的人，他们写出了这个时代最好的汉语诗，但是一说到人则毛病多多，以致实际生活中的情况的确如布罗茨基所说，只能看他们的诗。不过这样一来，我们又怎么理解诗是使人向善的说法呢?

60

考察诗人的写作是不是应该与他的生活境遇联系在一起，是很有趣的事情，也一直引起人们争论，尤其是对那些被称作晦涩的诗篇，譬如 T. S. 艾略特的作品。有批评家认为，艾略特之所以写了不少与性有关，且描写粗暴、直接，甚至被一些人认为下流的诗，是与他和女性交往时一贯拘谨、腼腆有关，还与他的婚姻生活状况有关。艾略特的第一个妻子维芬·海伍德，虽然两人生活在一起的时间很长，但是由于维芬·海伍德非常神经质，两人的性生活一直存在问题，甚至维芬·海伍德还有出轨行为（与罗素）。这一点使艾略特一直很痛苦，也因此出现在他诗中的男人基本是失败者，这一点不管是在《普鲁塔斯克的情歌》《灰色星期三》，还是在《荒原》

中都有或明确或隐晦的描述。不过对这些事情的了解真的有助于我们理解艾略特的诗吗？尤其是面对像《荒原》这样复杂的作品？我个人的看法是帮助不多。当然从另一个角度来说，性格上的某种特点也许的确会对写诗产生影响。

61

庞德的《比萨诗章》，印证了“有些诗是需要反复读的”这句话的正确性。庞德正是必须反复阅读的诗人。在这一点上我和很多人的看法不同。很多读者，包括一些搞诗歌批评的人，认为庞德的《比萨诗章》写得混乱、晦涩、庞杂，像一锅大杂烩，但我读起来却觉得格外有味，并深为庞德处理资料的能力折服。其他的不说，单是诗中呈现出来的巨大的信息量，就表明庞德对于历史知识的掌握是一般人没有办法比的。再想一想今天我们身边的很多写诗的，书没有读两本，反而大言不惭地说自己是天才，写诗是一种来自天赋的才能。我一直对这种说法不以为然，也看到了这些人写出的诗呈现出来的单调、简单，缺少应有的力度。为此，我仍然相信，如果没有丰厚的知识储备，不能融会贯通地对待知识，要想写出具有真正历史感的诗几乎是不可能的事。二十世纪的诗歌史已经说明了这一点，那些让我们今天仍然阅读不倦的诗人，无一不是学力深厚的诗人。而那些天天叫嚣自己根本不用读书的诗人，大多让人觉得不过是井底之蛙。

62

我一直很好奇艾略特与维特根斯坦是不是认识，或者说他们打没打过交道。按理说这两人二十世纪上半叶都在英国，都是知识界的名人，甚至都与罗素交往很多，应该是认识甚至很可能打过交道的。但直到现在，我读到的各种关于两人的资料都没有谈到过他们是否有过交道，一丁点都没有。这不能不让人觉得是很奇怪的事情。像罗素那么活跃的人会不在他们彼此间提一提对方或促成两人见面么？维特根斯坦处世有怪癖，经常不按常理出牌。是不是他对艾略特写诗那一套根本不以为然？但再不以为然，偶尔碰上个面还是可能的。作为二十世纪伟大的文化人物，如果他们碰过面，应该是会有人记录一下的啊？再者，作为写诗的人，艾略特应该对维特根斯坦关于语言的那一套说辞有兴趣，哪怕观念上不同意，至少也应该谈论一下的。还有一点，他们两人都是侦探小说爱好者，单这一点他们如果碰上就应该有共同话题。

所以没有读到过他们有交道的文字一直让我很困惑。为什么？

63

又见有批评家将“感动”列为评论诗好与否的首要标准。尽管他还列了其他的一些条条杠杠，但首要还是是“感动”这一条。我本来无话可说，什么是好诗几乎不需要再多说，但到末了还是憋不住想说几句（很不沉稳啊）。如果“感动”真成了评价诗歌好坏的重要标准，远的不说，二十世纪以降的诗歌史就可能要重写。原因自然是人们会发现很多伟大作品，的确与“感动”是关系不大的。譬如庞德的《比萨诗章》。先不说这整本诗感不感人，大多数读者多半读都难读下去，更不要说读懂。对这种构成复杂的诗篇，如果读者不具备相应的知识储备，没有丰富的诗歌阅读经验，甚至如果不了解整个西方文化史，基本上会像读天书一样。哪里还能被感动？然而就我对之阅读的情况看，《比萨诗章》的确很了不起，应该算二十世纪最值得人阅读的诗篇。我自己常常在阅读的过程中对庞德汪洋恣肆、纵横捭阖的支配题材的能力赞叹不已。这样说吧，《比萨诗章》是二十世纪众多诗中我最喜爱的作品之一。在我看来，诗歌构成的要素很多，首先以“感动”与否来判定其好坏，完全是不了解诗为何物的做法。到了今天人们应该更多地想一想，诗之为诗，在历史的文化变迁中，特别是在人类精神生活不断细分的情况下，它的功能都发生了怎样的变化。从最初的情感宣泄到保留“种族记忆”，再到成为人类精神生活的样式，其间的演化过程及其包含的人类智力活动的进化与发展路径十分明确。而现代诗，还包含了对语言生成方式多种多样的可能性的探究。有时候，它可能仅仅是形式主义的，是对语言结构可能性的发现。

64

对词性的分析，如果从纯粹技术性的角度来看，也许今后的机器人可以做得比人类更充分，毕竟它的技术能力可以让其在数学意义上得知一个词所具有的任何含义。有人因此担心今后机器人写诗会使人类的写作变得没有意义。由于记忆力等原因，人类很难像机器人那样，把所有词的无数次方的意义完全在写诗的过程中搜寻一遍，并有选择地用之。不过，我对这个问题倒是一点不担心。我觉得，写诗作为人类的精神智力活动，虽然我们可以认为它存在着语言游戏的成分，但实际上它并非仅仅能用游戏来概括。它所要求的，还有人类对个体生活与世界关系的经验性认识。即每一个人的生活经历在人类共同经验的前提下，会因为个体的原因，对事物的认识产生差异性理解。同时，人类作为一种生命形式，面对的还有生命个体自身的不同，譬如性格、性别、健康、年龄、疾病等这些只属于自己的东西。而这些东西在一个人身上的聚集，最终会成为支配人思想的出发点，甚至构成人认识事物的基础。不同的人会因此在面对着同一种事物时有千差万别的反应。写诗，很多时候是这一切的聚合。我认为这一点是很难为机器人所体会的。正是因为如此，我对机器人终将取代人类写诗一点都不相信。在任何情况下，写诗对于个体而言都是人生经验的全部认识的呈现。它的独立性、不可复制性会因人而异，并作为一种现实存在，很难被替代。

65

当代诗歌批评已经不能用写得好不好来谈论，而是应该用道德不道德来评价。原因在于，猛然间我们会看到有些批评家写出的文章，其所谈论的对象，是不值得作为一个诗歌考察对象来谈论的，而之所以被谈论，完全是因为作者是权势者。虽然我非常理解这一点，不过还是感到十分惊讶。原因在于，这些批评家谈论的对象诗歌写得极其糟糕，但写文章时仍然能面对糟糕而谈出一朵花来。我为此不得不钦佩他们的批评能力，真是有“无中生有”的大才。用一种夸张的形容就是，他们既能够“口吐莲花”，又能够谈得“灿若星辰”。为此，读到这样的文章，我已经不能用失望不失望来形容自己的感受了，而是觉得现实利益的考量真是毁人啊！在这样的利益面前，不管那些批评家有什么样的批评才华和深邃的学问，都成了笑话。

66

当代诗领域一直存在着这样一种现象，一些后辈诗人在“影响的焦虑”的笼罩下，总想以语出惊人，否定前代诗人的做法来彰显自己，以期早一点站到“名利”的前台。这种现象实在让人觉得有点滑稽。想走向诗歌的前台本身并没有什么错，但这需要真正地在写作上有超越性表现。同时，不应该以绝然否定的方式把前代诗人的写作说得一无是处。哪怕退后一步，不想对前代诗人的写作做出赞美评价，但至少也应该用客观的态度谈论其写作的得失。当代诗领域近三十年来的发展，在代际的意义上，虽然很多人做出了划分，但一种由时代状况带来的共时性意识形态以及文学认识，并没有让不同年龄的人，在对诗歌做出理解时找到能够真正以断代来区别的不同。尤其是从二十世纪九十年代到现在，不同年龄的诗人的写作，仍然是在一些基本的诗学原则的支配下展开，并没有让人看到像西班牙二十世纪初“二七一代”对十九世纪的“九八一代”的写作从观念到写作方法上的反叛，更没有让人看到像英、美、法、德“现代主义”写作者对他们的前代诗人的写作观念的全盘放弃。在这样的情况下，谈论所谓的前代诗人的得失，几乎可以被看作是缺乏理论支撑的。那些仅仅把一些局部认识拿来当作变化的绝对性，以期用之反对前代诗人的做法，不能不让人感到十分可笑。其实，那么着急干什么呢？就算没有在断代的意义上向前推进，能够写出真正有意思的诗篇，也不失为一种收获。关键的是，必须脚踏实地地写才是道理。一天到晚想着“名利”，实在不是正经写作者的做法。

67

戍边诗是中国古典诗中的一个大类，应该在汉魏开始就有不少诗人写。不过现在我们知道得比较多的是唐代诗人写下的戍边诗（也可称为“边塞诗”），当然宋代也有不少。对照着不同时代的作品，一个有趣的现象值得注意，唐代的戍边诗大多写得豪情满怀、壮阔激昂，场面也大得很（也有写得伤心不已的），而宋代的作品则多半悲情充溢、痛彻入骨，场面大且大，但大得让人黯然神伤。这说明了什么呢？我觉得大概和两个朝代的现实状况有关。唐盛时，剑锋所指广达西域，戍边是征服。宋代则一再受异族挤压之苦，戍边成为被动的抵抗。处境不同，情绪自然不同。例如辛弃疾，他的词《破阵子》前半阙“醉里挑灯看剑，梦回吹角连营”有点壮阔之象，但落在结束上，仍然是“了却君王天下事，赢得生前身后名，可怜白发生”。

68

自吹自擂作为一个成语，一般情况下是用以形容那些总是寻找各种机会自我表扬的人，过去多含贬义。这些年，我在诗歌界发现不少人喜欢这样。不过近来，我发现把自吹自擂说成含贬义的词并不那么准确。因为，自吹自擂，作为一种人类文化现象，其实是存在于人类天性中的自然现象。所谓的人类的进步，很多都是在包含有自吹自擂的说辞支配下完成的。相比之下，诗人的自吹自擂，只能算作小儿科了。对此，我是这样想的，以后我也要学习这样的做法，我认为只有真正地把自吹自擂提高到一个崭新的高度，才有可能在人们的认识中注进“我是一个牛得不得了的诗人”的观念。

69

从有网络开始，一些让人觉得特别奇怪、搞笑的笔名（现在叫网名）便出现了。每当看到这样的名字后，我都会琢磨一番，这是什么意思？有些我大概猜到了意思，有些却怎么想也没有搞懂。我曾经问过吴淼，为什么要起二十月这么个名字，他告诉我当年上网注册时，本来想注册十二月这个用户名的，但十二月已经被人注册了，于是干脆就用了二十月——十分随便的举动，没有什么意思。虽然名字不过是一个符号，用来做人的标识而已，但我仍然对一些笔名很难理解。从历史文化的角度来看，姓名的出现是血缘认同、种族分辨、文化生成等一系列因素在产生作用，其存在是对个体来源的确立，不管最终有意思没有意思，都具有身份分辨的历史意味以及长辈对后代的期许。所以，总体上说我对起笔名是不以为然的。而且我还发现虽然古人中也有用笔名的，但他们一般是以字为由头或者再起个号什么的，本名还用着。而我这一代诗人中写得不错的诗人大多是没有用笔名的，少数起了笔名的，也没有后来网络兴起后的笔名那么怪。有人说现在是后现代、解构主义时代，笔名的随意性，表明的是一种反对文化传统，消解传统文化腐朽内涵的态度，本身具有先锋意味。对这一点我并不特别认同。不管以什么样的游戏心态来对待自身所处的文化环境，有一点是不应该忘记的，我们需要的是对个人命名在尊严上给予肯定，那种带有自谑意味，或者游戏意味过浓的自我命名，在我看来多多少少是有问题的。还有关键的一点是，有一些笔名起得太难听了，完全是自轻自贱。写起来亦复杂得很。

70

我一直很害怕写长诗，但后来还是写出了《长途汽车上的笔记》这样的一千七百多行的长诗。促使我写这么长的一首诗的原因很复杂。现在回过头审视，可能一方面是想对自己处理题材的能力进行一次检查，因为诗长了，在写的时候，自然需要对谋篇布局有所考虑，这是对写作者综合能力的考验。另一方面，也许内心里还存在着文学野心，想通过写出长诗来体现它。毕竟，如果长诗写成功了，会呈现出全方位的把握重大题材的能力，也多多少少会带来作品的重要性。不过，通过长诗的写作我也再次发现，它太难了，几乎需要一个人动用全部的知识储备和文学想象力，而且失败的风险巨大。因此写长诗这种事情，是一个人可一但很难再而三做下去的事。所以，如果有人写出了很多长诗，尤其是在很短的时间段写出了很多（譬如说好几首吧），我基本上对其质量持怀疑态度。我认为这不可能。除非此人真的是像屈原那样的大天才。但是这种天才千年一出。一句话：写长诗，尽管是一个诗人最高理想，但也是畏途，没有准备充分，千万不可强而为之。

71

如果诗歌阅读成为消费现实生活中别人的苦难，这样的阅读，以及由此而出现的阅读围观，其内里隐含的非理性、不健康的心态，是需要我们警惕的。而如果还因为此，在不经过作者的同意的情况下擅自转发传播，我觉得其做法，便已与道德发生联系了。这里面呈现出来的，表面上是同情心和哀痛，实际上则像是在暴露别人的伤口，是一种很恶劣的行为。

72

特立独行，是很多人喜欢用以自我标榜的一个说辞。但是，常常出现的情况是，越是爱标榜自己特立独行的人，恰恰在行为上不那么特立独行，反而让人看到他们其实走过的每一步都不过是随大流而已。说上面这段话的意思是，在诗歌界这种情况很多。甚至多到一个时期别人读什么书，谈论什么书，不少人便跟着读什么书，谈论那些书。二十世纪八十年代我自己亦有过那样一个时期，所读的东西都是大家蜂拥而上去读的东西，一方面这种阅读可能的确有书本身的精彩成分在里面，能够给自己带来写作上的帮助；另一方面现在回想起来，则不免有不读这些书会落伍的嫌疑，即在与人交谈时可能无话可说，显得不那么时尚。现在想起来这的确让人哑然。所以，我现在不敢再以特立独行作为一种行为准则来要求自己，我认为要做到特立独行太难了。在写作上，它首先是对诗要有真正有洞见的认识，再者则要在认识自己的写作到底需要什么时有清醒的认知。还有则是，愿意走一条寂寞孤独、无人同行的道路。只有真正做到了这些，才可能最终在写作上呈现出特立独行的风貌。而没有上面说到的这些，谈论特立独行只能是闹剧。尤其是那些明明在写作上模仿、追随别人的人，如果还偏偏爱说自己的写作具有独立性，是真正的创造，就真的是笑话了。

73

生活的意外可能会带来写作的意外，为作品注入常态生活中没有的新异成分。这是很多写作者希望得到的。但是如果依靠这样的东西来成就作品的异常品质，则是我们应该回避的。谁也不应该把这样的东西的出现看作是一种获益的事情。所以，从某种意义上讲，在常态的生活中发现写作的异质性，或许是一件更考验我们的洞察力的事情。也就是说，我们需要从每一件看似没有意义的事情的出现中发现意义，或者说我们能够赋与每一件看似没有意义的事情以意义。这是对在平庸生活中生活的写作者的基本要求。因为世界并不总是由意外事件组成的。我们每日的庸常生活正是人类生命的基本形态。当然，有意外为写作者带来写作的契机，那是另一回事。我尊重那些能够在生活的意外中谈论意外的人。

74

在写作中我现在总是尽力让写出来的东西不要透露出一点自鸣得意的气息，最好真正做到谦虚、内敛，即使有洞见也要以平稳的形式呈现出来。这也成为我在阅读别人的作品的过程中判断一首诗是不是让我接受的标准。原因在于这些年我读到了太多的，在诗歌中表现自己的聪明劲的作品；有些人写诗时总是心存卖弄的想法，以至于让我觉得他们总是用力过猛，尤其是当他们觉得自己写到了得意处时——甚至在阅读中我经常发现，很多人的作品会在某些地方让我感到写作者在写到某处时内心里按捺不住地得意劲并发出的笑声。也就是说，在他们的作品中，太容易让人发现把劲使到什么地方了。但也恰恰是在这样的地方，让人看到了他们露出的破绽。这种破绽就是，用力过甚带来的，或生硬或巧妙得过了头。虽然我们也可以认为所谓写作实际上并不排除是一种自我卖弄，但是怎么卖弄，如何卖弄，则是很考验一个写作者的事情。我看重的是将卖弄搞得不显山不露水的，不动声色的那些人。很多时候当我看到一个人的作品中总是处处呈现出看得见的聪明，或者说看得见的得意劲，这样的作品我一般很拒绝。就像有些人把用典当作显示自己的作品深沉的手段，或者为了显示自己的见识，故意把语言搞得扭来拧去。对这样的作品我一般不以为然。在我看来，写作始终是一件需要大智若愚的事情。

75

越是到了写作生涯的晚期，一个人对写作的认识越是明晰，对同行的写作的拒绝也就会越清晰。这种拒绝不是认同不认同的拒绝，而是在写作的相关性方面，必须具有“无相关性”。也就是说，到了最后，一个人的写作必须呈现出绝对、唯一的特征。他提供给写作本身的应该是对一个写作场域的拒绝性的建设。这是什么意思呢？我的意思是，他提供出来的作品，一方面呈现的是写作者个人的独立性，或者说唯一性，另一方面他带来的是对诗歌场域的扩展，或者说推进。如果做不到这一点，写作只是提供数量上的对诗歌场域的挤压，在我看来，这样的写作其实是毫无意义的。

76

伊格尔顿有一本书叫《如何读诗》，其中谈到了阅读一首诗要注意哪些方面。而他说到的那些阅读经验，其实是文学专家在阅读中的着眼点。对于普通的读者来说，对一首诗的阅读考虑不了那么多，普通读者常常是在阅读诗歌能够给自己带来精神上愉悦的希望下阅读诗歌的。他们最直接的要求是一首诗自己能读懂，进而再在读懂的基础上感受到诗在意义与情感方面的力量。这就使得他们一般情况下都会对阅读的难度给予拒绝，如果一首诗在阅读的过程中他们没有读懂，这时候最直接的反应基本是放弃或认为这样的诗不好。在当今中国诗坛，这种抱怨出现得比较普遍。或许在西方也是一样。它说明了这样一种现象的存在几乎是正常的，即在当代诗歌的阅读过程中，的确存在着对阅读差异性的普遍不理解。伊格尔顿的《如何读诗》虽然属于一本专家的著作，但他关于阅读的谈论，仍然没有解决在面对诗时，认识的不同意味着什么。这说明阅读诗歌的确是一件很难说清楚的事情。

77

阿斯伯瑞的诗从对语言意义的表面消解入手，带来了最初阅读时感觉上的混沌。这是一般人在理解他的诗时得出的结论。但是，我觉得更应该注意到的是，阿氏的诗是建立在语言的具体性上的对具体性的消解，也就是说，他的每一句诗都是明白无误的，能够在词语意义上说得通的。这就产生了另外一个问题，当句子与句子组合在一起时，要依赖什么使其构成了意义的不确定性？或者说，阿氏的诗真是如人们所认为的那样，对意义进行了消解吗？在我的阅读理解中得到的体会并非如此。相反，在我看来，构成他诗歌的诗意，或许恰恰体现在这种表面的无意义或者说意义的模糊和含混之上。这一点《凸透镜中的自画像》一诗最能充分说明：这首长诗通过对镜像的多角度描写，带来了对变形、扭曲、延伸等具有空间性的视觉感的呈现，从而获得的对心理复杂性的对应正好以一种过程的方式传达了出来，也因此构成了缤纷绚丽的语言景象，让人着迷。而也正是在对他的诗歌的阅读中，我看到了作为诗篇成立的一个重要因素以很独立和明确的方式显现出来，即在阿斯伯瑞的诗中，构成一本书的技术性因素，节奏、句子的推进总是处在不断转折的状态中，它们让我感到，正是这种不断发生在语言行进中的转折，甚至偏移，带来了诗篇内部空间的扩大。阿斯伯瑞的诗的耐人寻味的地方亦由此产生。它让我们犹如面对曲折山涧中奔涌而出的水流，不断地在水的跌落、飞溅、与岩石的碰撞中，呈现出景象富有复杂性的变化，而这本身即带来了让人沉湎的诗意。

很多年前，我将这种东西总结为语言的“绵延”，它所产生的让人必须追赶着往下读的效果独特而迷人。我自认为这的确是更有效地获得诗意丰富性的有效技术性手段。总之，读阿斯伯瑞的诗，对于我来说是受益的。我也因此认同布鲁姆将他看作强力诗人的说法，并觉得他为以经验主义为主要特征的英语诗歌，带来了不一样的哲学气质。尤其是考虑到阿斯伯瑞是一名当代艺术的专业批评家，我觉得更有理由认为他的诗所营造的空间感是一种据有图像感的、对视觉的语言化处理。

78

只有色厉内荏的写作者才会非常在乎别人对自己的写作的谈论。尤其是在得到一两句赞扬时便津津乐道，并将之编辑出来到处张贴，以便让更多的人看到。其实，写作到了一定的高度，任何人的评价已经不再重要了，重要的是写作者自己在写作中体会到了什么。对于真正在写作上有认识的人来说，写作无非是落实自己对写作的理解。在这样的情况下，落实与否才是最重要的。清醒的写作者应该能够分辨自己是否在写作时把握住了作品的关键之点，有没有落实好预先的设想。而如果达到了自己的预期，那么对作品的质量应该是心里有数的。

在如此情况下，如果还要在乎别人的评价，也应该看到是谁在谈论，以及谈论了什么。很多时候，仅仅追求一般性的认同是没有意义的。和这个世界大多数高级的事物一样，进入最高层次的写作，必然是认同者更少的写作。原因在于，其肯定会包含的技术性的难度，以及对事物的认知的独立性，并非能够真正为一般人所看清。很多年来，我们所说的诗歌的好坏并非是由赞美者的数量决定的，其内涵就是这个意思。

79

不能简单地把不寻求语言的绝对性看作对强调语言在诗歌中的重要性的反对。对语言在诗歌中的地位的分辨，实际上也是对其是否符合道德的分辨。虽然从某种技术性的角度讲，我并不完全同意谈论诗歌时将语言绝对化的做法，但是不关注语言在诗歌中的重要性及其应用所具有的多重复杂因素，很显然也是不对的。对于我来说，写作永远是在谈论语言的限度问题这一点上展开的。也就是说，寻找语言在诗歌构成中的“度”仍然是我写作中的重中之重。它将“传达”出语言在新可能性中的效能，以及这一效能所带来的其与世界的新关系。在我看来没有传达出任何与世界关系的诗，仍然是需要我们警惕的诗。

80

对某些诗人的写作的肯定，实际上是对人类精神发展进展的肯定。原因在于，诗歌的确是建立在人认识事物关系的基础之上的对世界的理解。这里面当然包含了人对语言可能性所能做到的对精神世界内在秘密的呈现的把握。所以，任何对一个诗人的评价都必须是不那么简单的对与错，喜欢与否的表态。可惜的是，现在很多人把喜欢与否，当作了自己对一个诗人好坏的评价标准。这当然是一种认识论意义上的缺失。

81

当代写作中有一种现象，为了寻求意义的深刻，常常会有人写出这类的句子："天上一轮唐代的月亮""我就像魏晋的士人一样与世界对话"。这种希冀通过将传统直接移入自己的诗篇的做法，在我看来是一种对历史的浅薄的理解，同时还存在着貌似用传统为自己的浅薄支撑的隐秘心理。所以每当我读到这样的诗，第一个反应便是假、大、空又来了。曾经有人辩解说这是因为对审美直接性的认识不同，并将之看作对传统的认同与尊重。对此我不能同意。在我看来，任何想要寻求语言共时性的想法，只能是建立在对文化精神的深入考察之上的，对事物有所认识的精神性把握。同时，写作的深入必须是完全建立在对语言内在承载力的仔细考量后的重新建构。如果做不到这一点，诗歌与时代的关系根本就无从建立，而只能呈现出一种表面而虚浮的假象。可惜的是很多人并没有意识到这一点，还在那里为自己能够写出那样的诗句得意。真是让人哭笑不得。

82

虽然大多数时间，对做秀这类事情不少写诗的人是警惕的，但偶尔也会在缺少思考的情况下变成做秀者。譬如这个月突然出现的举书拍照呼吁募捐的活动，在我看来就是一场作秀：每一个人都煞有介事地托着一摞书出镜，表面上看好像是在呼吁对贫困孩子给予帮助，但实际上让人无论怎么看都像是诗人们在秀自己。所以保持警惕，时刻不让自己坠入这类事情成为做秀者，是十分必要的事情。因为一不小心，我们便会变成我们反对的事情的表演者。这是十分可怕的。

83

诗写到一定时间段后，大多数人会不满足自己在诗歌场域的位置，于是开始想着法儿制造一些话题，以期为自己博取眼球。这就是当代诗坛为什么会出现很多惊世骇俗的说法的原因。但很显然，这其中大部分说法是缺少吸引力的，原因在于，一些自以为吓人的说法，尤其是那些动不动就被命名成“主义”的说法，多数是太过想当然制造出来的、没有什么真知灼见的陈旧辞藻，虽然有少数说法表面上看似乎有点道理，但是由于没有更深入的事实支撑，也很难真正地经受住仔细推敲。我一般情况下对这些说法持轻视态度。一个人的写作没有真正地获得内在的独立性，只是希望通过制造一种说法来获得某种外在的支撑，说实话，是很难让人相信其具有什么意义的。中国当代诗坛从二十世纪八十年代到现在，从写作样态的变化来看，仍然是由八十年代开始登场的那些观念所笼罩的。就算有些诗人在主题的关注方向上有所选择，写出了一些作品，但其从方法论的意义上来讲并没有收获新东西。在这样的情况下炮制出来的所谓的写作的独立性，可以说根本上是站不脚的。

84

从最后的写作成果看，阿赫玛托娃与茨维塔耶娃是两种不同类型的诗人。尤其是后期的阿赫玛托娃，逐步在诗歌的抒情性中加入了叙事成分，从而显示出的语言理性，并使之成为其诗歌的主要特征。这使得她一方面仍然保留着作为女诗人的细腻，又显现出对现实经验的分析性呈现。而茨维塔涅娃写作的路径则完全不一样了，茨氏的写作完全是一种在女性细腻感受的加速度运行中发展的写作，从而最终呈现出极度神经质的样态。而且这种加速度越是到了后来变得越强烈，甚至呈现出精神分裂的迹象，也由此带来了超越性的诗歌强度，其声调之高亢在二十世纪亦属罕见。只不过就个人喜好而言，我更倾向于接受阿赫玛托娃的诗歌。因为在更为平稳甚至冷峻的语言叙述中，阿氏的诗让人看到了对一个时代的，而不仅仅是关于个人的描述。

85

不管是面对自己还是别人，这样的情况经常会出现：自己觉得写得好的作品，反响不佳，认为一般或并不十分满意的作品，却赢得了众口称赞，还有就是自己觉得不好的诗人，却在场面上混得风坐水起，被不少人追捧。这样的情况有时候不免让人感到困惑，会自觉不自觉地审视一下自己的眼光是不是出了问题。不过审视归审视，我仍然坚持认为自己的判断是不会错的。理由在于，无论综合地还是单纯地看，在对诗歌的认知上，我自认为是心得十足的。这么些年来大量的阅读，以及仔细研究，加之自认为天生对语言有些敏感，甚至始终保持的对新鲜事物的好奇心，让我有信心认为自己对诗歌的分辨能力是超越性的。有一个例子可以说明问题，即这么些年来，我几乎没有看走眼过新冒出来的任何诗人，总是很早就发现了他们的优异之处，或者表面炫目后面的虚弱。比不少人认定一个诗人要早很多，而且后来的事实基本上都给出了确切的证明。所以，那些凡是与我的认识不同的对诗对诗人的评价，我一般都不信任，不管其说得多么天花乱坠。我反而会对这种天花乱坠的议论保持警惕，近而对说这些话的人对诗歌的认知能力表示怀疑。

86

从文学的角度看南朝大梁的一些人物，常常让人在赞叹他们的文学才华的时候，对他们做的一些事情感到费解。譬如萧绎，他无疑是一个文学史必须仔细描述的人物，可以说占有重要的地位。但是我实在不能理解他在国破时最后的焚书行为，将上万卷珍稀的典籍一把火全部烧掉，从而造成大量的珍贵作品从此失传。尤其是历史留下的他的“书误我……”的哀叹，让我更不能理解一个饱读诗书的人，一个还对人类思想有所讲求的人，怎么最后对书籍说出的话如此幼稚。他难道真的以为自己作为帝王的失败是因为书吗？如果真是那样，我只能认为他之前关于文学的所有谈论，都是没有意义的，他对于文学最终的功能应该说从来没有认识清楚。

87

很多年前的一段时间里，我与一位朋友着迷于谈论诗歌的“宽度”问题，即如何在一首篇幅有限的诗中，最大化地承载复杂的内容。今天回想起来，那时我们的想法虽然有些简单，但仍然不失为关于写作的有效思考。二十世纪诗歌最重要的技术发现，便是打破线性叙述的单一性语言向度，在诗篇的构成中增加空间构造，从而使得诗篇呈现出立体化的样态。在这一点上有很多成功的例子，譬如艾略特的《荒原》，以及庞德的《诗章》和阿斯伯瑞的不少作品。只不过或许是能力问题，在我们自己的写作实践中，真正获得了这样的完成度的作品并不多。所以到了今天我还是认为，诗歌的“宽度”仍然是我们必须下大力气探究的技术性问题。在我看来这里面有太多需要考究的东西了：譬如如何解决叙述的偏移、节奏的推进与停顿；如何解决意象与意象之间的呼应，节与节之间的过渡；如何解决不同主题在叠加的意义上指向一个方向；如何设计出诗句与诗句之间合理的间隙，使之既展现出断裂，又使得这些断裂在意义的可控制范围之内等等。说起来这是既困难又让人着迷的事情。我相信对这些问题的思考，能够对我们的写作有所促进。在做好的意义上让我们的作品变得更加厚重。

88

对批评的期待好像是现在不少诗人喜欢谈论的问题。但是我现在更愿意谈论的是对批评的拒绝。我这样说的意思不是作为一个诗人拒绝别人的批评，而是在写作的进行中，应该做到对所有已存的关于诗歌的公共性批评观念的脱离，即我们的写作应该让人在新认识下获得谈论的话语。实际上这里面有一种隐含的意图——要用写出的作品改变人们对诗应该“是什么”的传统认识。由此它可能会造成一般性批评的困惑，甚至会被批评者拒绝批评。如果这样，那就对了。布罗茨基曾经谈到过自己的写作是“取悦一个影子”，虽然他最终的意思是取悦他所认同的奥登这样的在他看来代表了诗歌鉴赏最高水平的人；不过我觉得写作到了最后，的确只能取悦那种影子似的认识存在更是一种对批评的自我建构。也就是说到了最后，写作应该达到的效果必须是让批评重新寻找标准，重新发现诗歌，而不是诗歌迁就批评，甚至是讨好批评。一句话：如果一个人的写作哪怕存在一丝想要讨好公共批评的意图，这样的写作就不可能写出有意思的作品。

89

神秘主义会带来诗歌显明的高妙，这是一些写作者很确定的认识，所以在他们的诗篇中总是努力地营造这种东西。但是，对神秘主义的认知需要真正地从对世界的探究开始，并进而从认识论的意义上获得一整套完整的观念。这方面虽然可以通过学习获得——在从古至今的思想史中寻找获得理论支撑，譬如从中国古代的玄学，从西方古代的神秘主义学说，甚至从印度哲学、从印第安文化，以及从各种宗教中找到——但是，如果仅仅是一种学习的成果，要在诗歌中真正地贯注进神秘主义的气息，在我看来还是非常困难的，并且很容易给人造成故弄玄虚的印象。当代中国诗歌中这样的情况不少。很多时候当我们读到某些人自认为具有神秘主义意味的作品时，会觉得其气息是混乱的，或者其所谓的神秘主义显现是做作的，原因就在于他们并没有获得对神秘主义的真正把握，总是给人一种对既往文化生拉硬拽的感觉。而我觉得如果能从现实入手，最终写出与神秘主义的联系，或许这样获得的作品才是有意思的。不过这当然非常困难，我一直不敢从事这方面的尝试。

90

历史上关于曹丕的谈论朝向两个方向，当将他作为一个诗人、文论家谈论时，评价都很高，将他作为一个帝王谈论时对其所作所为则说得不那么好听。这让我们看到了人性的分裂。我很迷惑于这种现象，一方面一个人写出了他在他生活的那个时代里最牛的文字，另一方面他在政治上的动作，则显示出对自我形象的破坏。我不知道这能不能用理想与现实的双重表现来谈论；也就是说，文学写作是其对理想的表达，而帝王生涯则是其面对现实的具体反应。如果这种说法能够成立，或许对他的理解要容易一些。但问题是事情好像又并非那么简单。因为从道理上讲，不管是文学写作还是政治经营，都是需要人的智力才能完成的工作，一个人在文学写作上呈现出的高超智力，和在政治运作中表现出来的认知混乱，是不是说明其实智力是有分类的？文学智力与政治智力完全是两回事。有文学智力并不等于有政治智力。还有一点则是政治动作是需要众人参与才能完成的事情，而文学智力只需要自我完成就行了。也就是说有些人只能在自我完成的工作中表现出自己的非同凡响。

91

中国传统诗歌在触及政治性题材时，常常会用场景挪移的方法来作为对直接批评政治的掩饰，像那些宫怨诗、怀古诗基本上是用这种方法。今天阅读这样的作品，我们能够很容易地理解其中的原因，不外是回避对现实政治的谈论，以免引火烧身。当然也有例外，像白居易写的《长恨歌》就有些不一样，他等于是在直接写唐王朝的先帝了。这样的诗在当时广泛流传而没有遭到朝廷的指责，今天想起来还是感到有些奇怪的。这是否说明唐代王室，或者说白居易所面对的那位帝王在对待诗歌时的确是非常大度的。如果是，唐代诗歌之所以会蓬勃兴盛，也许与此有一定的关联。

从另一个角度来看，这样的情况也说明着诗歌写作只有在不考虑任何现实的束缚时，才能做到淋漓尽致地写出有趣的作品。

92

我们可以无尽地谈论过去时代诗歌的伟大，但是这种谈论不能建立在简单的批判现在的意图之上。如果这样，立意就错了。但是现在恰恰有一些人是这么干的，他们总是用过去来批判现在，而不是从过去中发现现在。在他们眼里现代文明的进程彻底地毁坏了人类与自然的关系，甚至彻底地毁坏了人类由古老的文明建立起来的道德体系。对此我并不完全同意。我认为现代文明的进程仍然是建立在人类寻找自己未来的幸福所在的意图之上的。而且科学的进步的确极大地改变了人类的生活方式，这些方式带来了更为轻松地活在这个世界上的条件。因此我十分瞧不起那些总是用过去存在的东西来打击现在的一切的做法，我觉得这样的做法是一种"懒人政治"，是缺乏真正对现在与过去关系的深入思考带来的过于轻松的、简单的结论。在这方面我十分欣赏魏晋哲学家王弼的做法，他一直用对诸子百家的新认识努力地修补他所认识到的儒学的不足，从而开启了后世儒学玄学化的认识路径。虽然用今天的眼光看，他的这些努力并非无懈可击，但是他的努力，在思想发展的意义上是对中国文化的一种贡献，也让我看到了对待新与旧的问题上的辩证态度。

93

对自己的诗歌的阐释有些人能够说得非常玄乎，甚至用到的每个字都能讲出来历。我是很佩服这样的人的。只不过佩服归佩服，但不会觉得他们的诗真就像他们所说那样了不得。诗歌自有其一整套构成的要素，它的成立绝不是由解释带来的，相反在很多情况下诗歌是拒绝解释的。所以一般情况下我不会看重一个人对自己诗歌的解释，即使说得天花乱坠我也不相信。如果诗歌真是要依赖于解释才能成立，那么还不如干脆建立一门诗的自我解释学算了。有些诗或许需要注释，像庞德的《诗章》，艾略特的《荒原》，但注释不算解释。在这方面我其实很以乔伊斯为榜样，他的作品是出了名的晦涩，虽然我们可以对他使用了太多种的语言心存疑义，也可以认为其中存在着炫耀的企图，但他从来不解释自己为什么要那样写。他的厉害之处就在于此：老子就这样写了，读得懂读不懂那是读者自己的事。而且从另一个意义上讲，诗歌是在意义与语言的双重建构中成立的。如果没有达到语言的支配性所具有的精确、干净，没有做到形式的内聚力将语言落实在不可移动的状况中，或者说没有真正地让语言最大化地完成对节奏、音调的把握，解释得再多都是没有用的。在诗歌中对意义的呈现有时需要的是对语言的妥协。这一点，我们必须有所注意。

94

我过去说过诗歌是人类面对世界时的一种精神反应形式。从这点看，它似乎具有超语种的特性，即无论哪一种语言的诗歌最终呈现出来的对人类生活的认知所完成的语言建构，以此获得的审美表达的确让诗意具有一致性。但这只是一种对于精神形式的构成方法而言。就具体的诗歌来说，不同语言在完成诗歌建构时，对语言的文化特性的考虑仍然是必要的，并且肯定是有差异的。汉语和英语在很多方面的不同，实际上让我们在写作时的选择必然会有所不同，而且是特别明确的不同。当然，对其他语言的诗歌呈现出来的特质的学习，能够改造特定语言的诗歌表达方法，这一点在二十世纪是很多人在做的工作。正是如此，我们才看到了庞德对中国诗的翻译和学习中国诗处理意象的方法，以及后来的像施奈德、王红公等人对中国诗的学习带来了他们诗歌的新面貌。中国诗人学习西方诗歌同样为写作带来了革命性变化。不过即便如此，我们还是必须看到这一切都是在具体语言的具体框架中完成的，并没有所谓的超语言的事情发生，就像现在我们能够很深切地感受到汉语的局限性一样。而正是有了这种对汉语的局限性的认识，才使得我们的写作一直在寻找外延的扩大上下功夫，当代中国诗人的所有努力似乎亦是在这一点展开的，即如何在具体语言的束缚下获得诗意的最大化。不过即便如此，我们还是应该注意到诗意与诗歌语言是两回事，诗意的共通性，并不能简单地置换成诗歌的超语言特性。虽然超语言作为一种说法显得十分吓人，好像很玄乎，我们仍然必须考虑到自己作为一个特定语言使用者这一基本事实，从而在此基础上谈论我们与诗歌的关系。

95

海德格尔对里尔克诗歌的阅读，是一位哲学家对诗歌的阅读，其中呈现的是他的哲学观念。如果一个人没有对海德格尔的哲学观念的认同，或者对他的哲学观念心存疑义，很可能会对他的谈论不感兴趣。而诗人对里尔克的阅读则是另外一回事了，虽然诗人的阅读仍然可能出现诗歌观念的不一致导致的理解差异，但是诗人阅读在对技艺的理解上得出的结论应该是可靠的。像我现在已经不是那么喜欢里尔克的诗，但仍然认为他的《献给俄尔普斯的十四行诗》和《哀歌》是很牛的，尤其是《哀歌》高亢的声调，总是让我在阅读时耳边响起小号的声音。

96

沃尔科特的很多诗就像小型的风俗画。这得力于他描绘细节的能力，当然这也是观察的结果。从技术的层面上说，这得力于他所具有的对语言快速推进的能力，在词语的转换过程中能够准确把握意象与全诗意义的关系。这一点让中国当代诗中很多同类型写作出来的作品相形见绌。同样是对局部景象的描绘，这些诗让人感到的是松松垮垮，没有集中，最后亦难以支撑起一种对于诗而言必需的语言的紧张感，同时也难以构成一幅鲜明而清晰的图画。这让我不得不承认沃尔科特是建构语言图像的大师。很多时候阅读他的诗，我实际上是在阅读一幅画。在这样的画中，感受着其所传达出来的诗意。

97

任何批评都是对阅读的解释。而阅读从来都不是客观的，它落实到批评上不过是阅读能力的体现。明白了这一点后，我们就能比较清楚地看到一些批评的得失何在。如果我们认为有些批评是没有意思的，它表明的是在阅读的过程中，阅读者对作品的理解出现了问题，或者说阅读者对所阅读的作品并没有达到我们阅读时对同一部作品的理解。而那些能够被称为伟大的批评，譬如艾略特在谈论他对叶芝作品的理解时写下的那些话，或者像布罗茨基在阅读奥登和茨维塔涅娃时写下的解释，则是因为让我们看到了这些作品没有被一般读者看到的东西。它们能够使其他人再次阅读这些作品时感受到更为复杂和清晰的诗意。从这个意义上讲，批评家的责任不是别的，是帮助人们真正地、完整地理解一部作品可能存在的隐而不显的内在意义。他的所有作为的关键之点在于，他能够比其他人更多地发现作品的非同凡响之处。尽管这种发现仍然可能带有非常强烈的主观性，但这不重要，重要的是我们认不认同他的发现。如果认同，那么他的阅读就会自然而然地超越主观性而变得具有了一般意义上的客观性。虽然在这方面我们常常觉得有些批评家的阅读存在着过度阐释的嫌疑。但是，过度阐释在某种意义上也是一种阅读效果。而我们自己应该考虑的则是在这样的过度阐释中，是不是说出了我们没有读出来的作品的意义。

98

误读曾经被人们认为是对所读作品的错误理解。但在我看来，误读是学习写作的重要环节。或许正是对一些独特的作品的误读，或许会带来我们对某些具有启示性的问题的豁然领悟，从而打开一道思想洪流的阀门。所以，我并不怕被人指责对某些作品严重误读，我甚至认为没有误读可能便没有新思维的产生。实际情况也在证明着，误读是阅读作品、尤其是阅读那些伟大作品时应该发生的事情。更进一步地说，不能让阅读产生误读的作品，其内涵或许是简单的，缺少引导人思维活跃的内在复杂性。我们不是常常看到这样的情况发生吗？一些作品刚刚面世时引发了很大的争议，有人说好有人说坏，并且争论得脸红筋涨。这种造成争议发生的情况，可能是阅读作品的能力带来的，也可能是作品本身的复杂性带来的，或者是由阅读产生的向两个方向分化的阅读感受。如果是误读带来的，或许恰好说明作品本身具有让人引申意义的能力。这时候，我一般会认为这样的作品一定是有意思的作品。

99

近几年在某些场合，我会在其他人谈论某位诗人时，对其现在的写作提出批评意见。很多人认为这是典型的“文人相轻”。他们错了。我之所以说某某写得不好，是在比较的意义上说出的。这种比较，一是来自写作的技术性层面，二是来自观念层面。我是将这两点放在与他过去的写作和与他的同代诗人的写作中比较的。原因在于我没有看到他的进步，反而在其写作中看到了一种基于年龄和外在成功带来的自负和技术性炫耀。这些东西在他现在的写作中的出现，既让人看到了他对自己过去的固守带来的自我复制，也让人看到了没有变化带来的僵硬。另外，最主要的一点还在于在这样的批评中实际上还隐含着我对自己写作的审视。我们每一个人的写作，一方面绝对于自我，另一方面又置身于一个时代的总体写作框架之中，每一个人的写作都是与其他人的写作建立了互证的写作。而我的一些评价正是在这样的互证中得出的。我觉得有些曾经让人认同的观念，已经经不起对写作有了更广泛和深入的认识的今天的同行的检验。

不进则退，这是对于每一个写作者都非常残酷的现实。有人可能不同意这样的观点，认为写作这种事情并不是年龄越大写得越好，很多诗人都是年轻时就写出了他们一生中最好的作品——情况可能是这样——但即使是这样，我仍然想强调的是，一个人在持续的写作中呈现出来的对写作的认识，也就是从总体上让人看到的写作观念的变化和技术的使用，如果没有变化意味的进展，无论如何是不正常的（江郎才尽当然是另外一回事了）。我正是从这些方面出发说出了自己的意见。当然，最后我总是会对别人说，就算如此，此人仍然是这个时代中国诗歌写作场域中最值得关注的诗人之一。而对于我，对之的关注是建立在如何防止自己的写作停滞的角度之上的。

100

如果人们仔细观察会发现诗歌界有些人，凡是外国诗人的作品他们都会说好，但是对国内的诗人则很少称赞。这真是一个非常奇怪的现象。他们的行为让我认真考虑过是不是外国诗人真的写得比中国诗人好。但大量地阅读后我得到的结论却并非都是如此。外国写得好的诗人的确不少，不过也有一些被介绍进汉语环境的外国诗人其实写得非常一般。这让我实在不明白这些见到外国诗人就点赞的人的思维逻辑。就我个人的阅读而言，近三十年来的中国当代诗写作已经有一些很了不起的作品，而这些作品的价值还远远没有被人们充分认识到。这无疑是很令人遗憾的。这让我不免想到了一句老话："远香近臭"。是这样的吗？或许其中还有更为复杂的原因？不过其他的原因我就不猜测了。我觉得这里面让人看到的是文学的自我殖民心态。

101

对经验的依赖，很多时候并不被一些写作者承认。他们更愿意谈想象力在写作中的重要性。对此我的想法是：想象力当然非常重要，但是想象力如果不是建立在经验的基础之上，很可能无法真正地获得有效性。很多时候我看到的情况是，想象力变成了天马行空，或者说漫无边际，甚至是矫揉造作的写作中的自我夸耀。对此，我是一直不以为然的。我觉得对具体的写作而言，经验对于想象力实际上起到的是约束和向度规定的作用，它会使得我们在写作中对问题的谈论被控制在一定的范围内，从而让具体的诗得到恰当地、得体地谈论问题的尺度。没有了经验的加入，任由想象力驰骋，很容易使写出来的东西变得大而无当。所以，经验又可以说对于想象力而言是起着驾驭作用的。只有两者获得有效地融合，诗的丰富和饱满才可能出现。这一点，有太多例证可以证明。

102

诗人的自信是建立在对诗歌的充分了解之上的。但谁又敢丁丁然地说自己对诗歌是充分了解的呢？一般情况下没有谁能够建立绝对的诗歌自信。所以纵观当代诗歌领域，阅读对于大多数诗人来说仍然是欠缺的。很多写诗的人不要说通读了中国从古典到现在的诗歌，就是对当代诗坛近几十年来的作品的阅读也是不够的。写作是知己知彼的事情。如果一个人没有真正做到对自身所置的诗歌场域有所了解，写作便很可能是处于盲目的状态之中。我十分警惕这一点。我觉得尽管有些诗人的写作我自己并不喜欢，但是读一下也不会造成十分负面的影响，反而会有助于自己厘清一些问题。而不自信，对于我是一种自我激励的机制。我希望正是通过不自信可以使自己保持警惕，保持一种学习的态度。很多时候阅读并不是对好与不好的选择，而是一种认识。而一切写作都不过建立在认识的基础上的写作的偏移。不单是偏移于诗歌场域所建构的樊篱，也偏移自己对写作本身的执念。

103

收到朋友寄来的他与别人的新诗集。那个人的诗我过去没有读过，但看得出来他不是才写诗的新人，读后我的感觉是受朋友影响很大。我觉得中国当代诗场域最具有地方风貌的诗歌写作，应该非朋友生活的城市的诗人莫属。这座城市的诗人的诗面目都很一致：叙事从容、语调平稳、冷静，节奏徐缓、淡然、张弛有度，让人明显感到作品中的共性。这里面既让人看到文学影响的渊源，也让人看到一座城市带来的写作者的气质。让人感到这种情况非常特别——在共同性的意义上构成了独立的地域特色。这是非常好的现象，不过即便如此，仍让我感到其中存在着创造力受到自我限制的问题。按照理论性的说法来谈，这是朋友作为强力诗人的存在起了笼罩性的作用（很多人把他看作自己学习写作的老师）。而说到强力诗人，我认为从好的方面说，他为一个地方的写作定了调，使得某种具有共同性的诗歌出现，让人感到派别产生的可能性。另一方面他亦会造成某种抑制，使得其他人的写作受到牵制。朋友生活的这座城市的其他诗人，除了两三位，目前的情况就是这样。

104

文雅的获得与其说是对语言的使用，不如说是对语言的认识和来自人生修养的、对自我与世界关系的理解。更为重要的是如果谈论文雅，必须知道什么是诗歌的文雅。很多时候，人们或许会举两汉、魏晋南北朝的辞赋来说明文字的文雅。它们当然是文雅的。但是杜甫、元白就不文雅了吗？如果比照，或许有人会说，相比较而言不那么文雅。但我觉得那是错了。在我看来文雅的获得是一种认识，是一种对基本语言与事物关系的理解，而非简单地是对一种文体的使用。所以对于写诗的人来说，我并不关心其在写作中用什么样的语言，是用所谓的口语还是被人们称之为书面语、翻译体的语言，我关心的是他最后在诗中呈现出来的精神面貌和对问题的认识，以及最终达到的诗意。如果这一点做不好，文雅不可能生成。所以我不把对修辞方式的追求当作是获得文雅的手段。在我看来，语言的文雅永远是来自于精神向度之内的东西。没有内在的对事物的深究，没有把握事物隐秘的能力，任何希冀文雅出现的想法都是浮于表面而不可能实现的。所以不应该以为不写粗鄙的事，不谈论平淡简单的生活，只是追寻灵魂高深的欢乐与痛苦就是文雅的了。回到当代诗的写作，近一百年来，哪些诗人写出了文雅的诗呢？我几乎没有看到。现代汉语的平民属性，使得语言对文雅寻求变得十分困难，这方面有人努力过，但大多数做法是希望通过用古典语言的织入来做到这一点，但成功的几乎没有。让人看到的不是生硬，就是局狭。

105

人们总是急于总结自身时代诗歌写作的成绩，或者急于总结他们自以为很有必要谈论的关于诗歌写作的问题。譬如“地域差异与诗歌的关系”“城市诗歌与文化建构”之类的东西。其实在我看来这些问题对于诗歌来说都是一些枝丫末节的问题。真正的诗歌写作，并非是依赖于对这些问题的解决完成的。每一个诗人对诗歌的理解，完全来自他在个体生命中的审美体验，以及对语言和诗歌关系的理解。至于诗人与他所在的城市的关系，如果前面说到这些东西没有得到解决，也就不可能真正被认识。我的确不相信一个诗人缺少内在的语言敏感，没有真正认识清楚诗歌需要什么，就能够写出有价值的诗歌。那些执着于从外在的环境中寻找诗歌的做法，在我看来都是舍本求末的做法，最终很难有所收获。

106

多年前我为了生计在《星星》诗刊办的诗歌函授学校当了三年老师。最多的一年带了三百名学生，光指导学生作品的信每年就要写一千八百封。这导致了我后来特别不愿意写信。正是这种当老师的经历让我发现，诗歌这玩意实际上是不可教的。就算把什么都说得非常明白，那些没有写作天赋的人还是写不好一首诗。最明确的例子是有一个学生连续三年报名参加学习，但是终究没有一点进展。而有写作才能的人则只要轻轻一点拨，只需要告诉他读什么书，诗都有哪些是必须阅读的，就能让其意识到自己的写作应该朝什么方向努力（很多参加函授的学生不过是受到环境限制，在阅读上不了解应该找什么样的材料而已）。所以，尽管后来有一些在诗歌界混成了人物的诗人总说自己是我的学生，但我心里清楚，他们能够写出让人觉得不错的诗，其实和我并没有一毛钱关系，完全是他们有写诗的才能，自己亦非常努力的结果。而我在有了如此的经验后，对告诉别人如何写诗基本上不再谈了。在我的认识中，写诗这玩意真不是可以教出来的。虽然当今世界上，像美国、欧洲的一些国家有所谓的作家班，不少年轻人亦进入其中学习，但我相信如果那里面有人写出来，绝对不是被教出来的，仅仅可能的是它用环境为从事写作的人提供了一种交流的便利，是这种环境让人在写作过程受益。如此而已。

107

不少批评家仍然在谈论当代写作时批评很多诗人没有将个人经验转化为人类的普遍经验，仅仅表现出来的是个体的人孤立的自我状况。对这样的批评我并不完全认同。因为远的不说，仅就二十世纪的诗歌写作而言，可以举出很多诗人的写作说明他们并非做了批评家所说的那种转化，他们在写作中表达的，真的只是个体对世界的认识与理解。这种认识与理解，从写作的意义上说，既是个体独立的认知，也是审美经验的自我发现。这里面涉及的是一个作为主体的人对世界的认识与理解，同时这一理解不仅仅是基于社会人的经验反应，还有着从审美角度出发的对写作工具的自我认知，也就是我们一般情况下说的对语言的理解。由此，我们看到很多作品表现出来的样态是一种纯粹意义上的对语言方法的探究。这样的诗也许不为很多人认同，或者引发人的争议，但是它们无疑传达出了诗歌表达精神生活在技术意义上所能达到的新可能性。就像最近刚刚去世的美国诗人阿斯伯瑞的作品。我们从中读到的是人的精神的复杂性，是作为个体的理解力作用于诗歌后带来的语言可能性的新发现。这些作品所具有的伟大品质，并非用上面说到的批评家的观点能够解释。很多批评家都在谈论要警惕意识形态对批评的干预，但这种强调个人经验转化为人类普遍经验的要求，其实就是具有意识形态意味的干预。只是多年来大家都潜移默化地受到某种理论的影响，以它的方法论在谈论问题，而仍然不自知罢了。

108

我有过这样的遭遇，多年前某位批评家选编当代诗歌总结性的选本，被收录其中的我的几首诗属于我不满意，自己编诗选都放弃的诗。十年后他与另一位批评家合作，在其基础上扩充了篇幅再版此书，收录的还是那几首诗。第一次看到这种情况，我以为自己对自己的作品判断有误，不能客观评价自己。但再版后我一下明白了，他们根本就没有花心思阅读自己所选诗人的作品，只是凭印象随便选一下了事。很明显，在第一次的选本与第二次再版选本之间，就个人而言，我的写作的变化和发展相当明确。不单是我自己，很多读者都认为我写得更好了。其中肯定有更能代表我的创作情况的作品。忽略这一点造成的结果是那些进入选本的作品，完全无法反映我作为诗人的写作情况。大家都知道选编者的眼光决定了选本的质量。这是说选编者的理解力与阅读范围的广阔性。但当代诗歌场域大量诗歌选本的出现却是另一种情况，即很多选编者缺少的是负责任的态度。有时候是过于想当然，有时候根本就不认真。但恰恰就是这种情况下，一些批评家还特别喜欢用全称判断来评价诗歌，动不动文章的标题就是《近几年的中国当代诗歌综述》《中国诗歌的若干问题》。说起来不能不让人感到可怕。

109

将写作引申到与宇宙同构，是某些人的野心。这里面可能存在着与未知对话的愿望。但是这种同构很显然是想象出来的，因为关于宇宙，人类的认识可以说很可怜，我们根本就不知道宇宙到底是怎样一种存在。大爆炸理论，多宇宙平行理论，等等，到目前仍然属于理论推导出来的玩意，人类还没有能力来证伪。所以落实到诗歌写作中，将之与宇宙放在一起谈的理论，肯定是一种想当然的说法。虽然人类精神活动具有高度的概括能力，不过关于与宇宙关系的谈论，多半属于假设。所以我更愿意谈论的是诗与我们能够感知触碰的世界的关系。这一点决定了经验的重要性。我觉得迄今为止，我写下的诗都属于经验主义的诗。就算有想象，它们也是建立在经验主义的基础上的想象。当然，就像前面的笔记中我曾经谈到过的，这种经验有时候有自闭性质，并不能到达与人类共同经验发生联系的程度。就此我想说的是，经验的绝对唯一性仍然是一种必要。它带来的拒辞，很可能会成为人们阅读的障碍，但是我喜欢这种障碍的出现，并将之看作自我确定的基础之一。

110

佩索阿是一位让我感到迷惑的诗人，他的《惶然录》和其他诗篇中出现的孤独感，对生命存在意义，以及与世界的关系所带出来的东西，让人感到“隔绝”似乎是他生活中随时随地都在发生的事情。尤其是他在写作中使用了那么多的异名，不断地变幻着面孔。这些异名让我觉得他是把自己对象化了，让自己成了自我的他者，他是在用这种方式与自己谈话，或者说他是让自己成了自己的旁观者，目睹着另一个我面向别人说话。因此，我们能够看到他总是不断地谈论对人生缺少信任，谈论人在世界上的意义，以及与世界的关系。很显然，这种缺少信任并非仅仅针对人，也涉及了环境与所有事物。因而我觉得佩索阿的文字造成的阅读效果是：疏离。一个人既深深地卷入与生活的对峙之中，又好像被排除在生活之外。从这一点来说佩索阿并非我特别中意的那类诗人。在我看来他太阴柔了。而且由于自我的异名化，他的写作在我眼里是一种铺展得很开的写作，而非在一个点上掘进得很深入的写作。他触及了人类生活中广泛的问题，但对这些问题的解答却没有让我彻底满意。再者仅就诗来说，他的有些诗写得太琐碎了，特别像一个碎碎念的人在那里不停叨叨。有人觉得这与他一生只待在一个地方，没有真正进入文学场域与人交流有关。也许是这样的。

111

重读卡夫卡一直是我心里存在的想法，但奈何现在手边没有他的书了。多年前我买过他的几种版本的《城堡》《审判》等书籍，现在都不在手边了。现在人们一般都把卡夫卡归类于荒诞文学的开山人。他的小说也的确大多数情节非常荒诞。但是即便如此，我还是认为他属于古典小说家。之所以这样认为是因为就写作的方法而言，卡夫卡的小说是严格地遵循了古典小说的叙述方法的，其大多数小说篇什仍然属于线性叙述。像他的《城堡》写一个测量员怎么也走不到要去的地方，写得推进明确，步步为营。著名的小中篇《父亲》，写一个年轻人回家后被父亲责骂，一步步推进得非常清晰，只是最后的结局让人感到出乎预料，父亲的一句“你去死吧”，年轻人果然就跑去跳了河。让人觉得不可思议。卡夫卡的了不起在于他没有就这样的结局做过任何解释。我曾经将卡夫卡与契诃夫、莫泊桑等古典小说家做过比较，觉得就写作方法而言——故事的发展、推进，结构的落实，等等方面来说，他们使用的方法几乎是高度一致的。不同的是结果。就像莫泊桑的《漂亮朋友》写巴黎上层社会的虚伪和贪婪，写一个年轻人的野心，一步步很符合逻辑。但卡夫卡的《变形记》写一个叫格里高利的年轻人变成甲虫，除了开篇惊世骇俗，人一觉醒来发现自己变成了甲虫外，后面的故事一直到连亲人都对他拒绝、使之死亡，情节的设计，叙述的线条亦是非常清晰的，同样具有明确的逻辑性，但让人觉得有事实上的反逻辑。我还记得当年读后给我的启发最重要的一点便是：写作，关键的是对问题的认识，所谓的先锋仍然可以在基本的方法上与古老的东西有牵连。这是很重要的。这一点，我读到英国诗人奥登的作品后，亦在奥登的写作中得到了证实。奥登作为二十世纪英语诗歌的变革者之一，写出了二十世纪非常牛的英语诗，在认识论的意义上达到了非常现代，甚至有些地方很激进的程度。但奥登的诗基本上是严格遵守英语诗的古老格律的，他也因此被称为乔叟、柯勒律治、华兹华斯等人坚定而合格的继承者。这些事实也充分说明，就写作而言，真正的先锋也许离传统最近。同时也说明，写作始终有一种基本的东西贯穿在人类的文化传统中，任何时候我们都必须明白这一点，只有这样才有可能写出与历史发展有一致性的作品。因此，写作的先锋分子同时也是写作的保守主义者，这个论断在这个意义上是成立的。

112

洛威尔是比他的学生普拉斯、塞克斯顿更让我喜欢的诗人。很遗憾的是国内还没有出现过他的译诗集。我觉得《献给联邦死难者》《臭鼬的时光》这样的诗是非常了不起的作品。《威利老爷的城堡》里的一些作品也非常好。虽然洛威是被称为开启了“自白派”潮流的人物，但他的诗却并不像其他“自白派”成员的作品那样神经质。我始终觉得他即使写比较激进的题材，亦能将叙述控制在相对节制而风雅的限度之内。这一点使人感到他的变革是在对传统的充分尊重的情况下进行的。考虑到他的家族属于来自英国的望族，应该说他骨子里还带着旧大陆的文化基因，这一基因保证了他不会过分。什么时候有谁能翻译出版他的一本诗集就好了。

113

看中国当代诗歌，会发现存在于其中的暴发户心态十分浓烈。为什么会如此？我直到近来才想明白了，主要是没有文化传承发生作用。川端康成曾经说过，一个好作家需要经历五代人的家传才会出现。虽然这话说得有些绝对，想一想似乎又并非没有道理。文学传承作为话题，可以从多个角度来谈论。中国古代在这方面有很多例证。谢灵运、谢朓之所以能成为伟大诗人，与谢家作为江南显族应该有关系。《世说新语》上便有不少谈论谢家人物的段落。齐梁萧家，几代帝王都算得上文学大家，似乎也可以证明。就是伟大的杜甫也并非横空出世，与其十三世祖杜预、祖父杜审言肯定有关系。我总觉得，大凡文化传承明确的诗人，在写作和做人上表现出来的平衡、镇静、内敛是清晰的。而文学暴发户则多半乖戾、焦躁，很容易以极端的方式行世。因为没有传承，中国当代诗写作者大多数是依靠自身的才华和奋斗获得了写作的成效，一方面缺乏早期的文学基本训练，另一方面缺少传承可能给予的文化束缚，再一方面突然地成功带来莫名骄傲。虽然说起来也很不容易，但是仔细考察会发现，暴发，落实在写作中很明确的表现是缺乏分寸感，处处流露出自恃、得意、目中无人。就真正的作品本质而言，这些东西的出现是很伤作品的品质的。因为除非人们刻意地要求，诗歌应该呈现出来的最好面目，应该是细致、精确、内敛的，即使真正出现花招，这样的花招亦带有技术性的需要。除此之外，其他的都要不得。如果说中国当代诗到今天还存在问题，这亦是问题之一。不过想起来这一问题真还不太好解决。因为这属于文学的生物性缺失带来的不足而非其他。

114

上面谈到几代人才能培养出一个好作家。但另一个现象也颇耐人寻味，即一个家族出现了一个伟大人物后，其家族的鼎盛时期也就到头了，接下来的衰败同样让人心惊。江南谢家的辉煌止于谢安。杜甫之后我们亦没有再看到他的后人做出了什么值得书写的业绩。白居易虽然后裔众多，远达韩国、日本，宗亲会搞得阵仗很大，不过好像也没有什么了不得的人物出现。苏轼一家也是如此，他和父亲、弟弟都成就巨大，属于千年一出的人物，后人却差了很多，像他的儿子苏过虽然也是诗人，有厚厚的诗卷传世，但其真正的文学成就却不高，影响力更是没法与苏轼比。二十世纪中国文化最著名的家族要算陈宝箴的后人了，陈散原和几个儿子陈衡恪、陈隆恪、陈寅恪都是人物，尤其陈寅恪更是二十世纪中国文化的标志性人物，开史学研究“以诗证史”之一代风气，但似乎也就到头了（虽然这里面有时代遭遇带来的生存环境的限制）。就是陈宝箴的发达，亦是其祖上落户江西修水五代之后的事。记得几年前与朋友谈到这一现象时，讨论后得出的结论是一个伟大人物的出现，会耗尽一个家族的气脉。虽然说起来有点神秘主义的调调，但历史上发生的很多事情又好像的确如此。从古至今，我们真的没有看到任何一个家族的伟大是连绵不绝的。古人有“富不过三代”之说，谈的虽然只是财富，但用在别的领域似乎也是如此。

115

地理能否带来写作的不同？答案应该是肯定的。这不单是因为气候、山川风物的不同会带来对事物认识的不同，还在于落实到写作上，地理环境的不同会让写作者对意象的选择有所不同，譬如南方的多水，山峦的变化多端，甚至更为丰富的植物、花卉、鸟类，都会在进入诗中呈现出与北方不一样的样态。虽然有人会说，这并不能从根本上改变诗之基本的人文方向。但是，它们被选择进入诗中，必然会在形态上使诗呈现出不一样的面貌。其他的不说，我觉得仅就诗的色彩与声调而言，就会显得非常不一样。如果仔细考察，不管是楚辞，还是汉魏南北朝诗，不管是唐诗，还是宋词，的确有一些非常不一样的东西存在其中。而这种不一样，说穿了就是地理的不同带来的意象的不同，从而又给予了诗最后的形态的不同。这些年我从北方转到南方生活，对这一点体会非常明确。面对着不同的地理形态，有些东西会自然而然进入诗中。举一个例子，像杨树这样的词，在北方被写进诗中似乎非常理所当然，它在诗中的出现亦会自然而然带来某种辽阔、苍凉的气韵，但在南方因为根本就很少看到它，进入诗中的可能性便少了很多。

116

写上面一段文字，纯粹是突然想到了从古至今一直有人谈论南北诗歌的差异。现在亦有人在谈论诗歌的南方性。我读过一些这方面的文字，但对大多数言论都不太感冒。因为这些言论大多是从人文环境带来的文化性格入手，并没有真正谈到地理带来的不同。而且我尤其不同意有些言论将南方文化阴柔化，女性气质浓重。然后又想当然地得出南方是细腻的、抒情的结论。在我看来，这样去谈论南方写作的不同太表象化了。文化的生成，必须要考虑到众多的因素。南方文化起始于巫术神秘主义，兴盛于黄老玄学改造名教以服务于政治，并由此形成退避的，甚至某种程度上消极的生活方式。这些因素如果得不到认识与厘清，得出的结论肯定是让人难以信服的。就是我谈论地理带来的不同，亦不过是持据一端，到底最后的结论是什么，现在亦是不敢肯定的。何况现在我看到的那些所谓的南方写作的样本，大多数实在是让人觉得肤浅，不足以支撑任何与南方的牵连。

117

发明一个诗人或者说发现一个诗人是非常有意思的话题。不管是在历史上还是今天，我们都会看到有些诗人的面目是在众人的不断谈论中逐步得到确立的，而一经确立，它便成了诗人本人留存在文学史中的形象。就像被不少人称为“隐逸诗人”的陶渊明，其退官辞仕，隐居乡间的故事，就是在历史上人们的谈论中不断完善，最终呈现成为我们今天看到的诗人形象的。而中国文学史叙述中一直有一个很有趣的现象，对伟大人物的描述基本上是拣好的说，并且是朝着叙述者认为最有意思的方向描述。所以不管是昭明太子萧统的《陶渊明传》，还是《宋书》《南史》《晋书》，在谈论陶渊明时，都是尽量将其塑造成一个高邈的隐士，而不及其他。这几个对后史影响极大的文献都没有哪怕一丁点采用曾与陶渊明有过交集的颜延之为之写出的哀文《陶征士诔》一文中的材料，甚至还为陶渊明到邻居家乞食的行为做出辩护。进入现代也是这样，就如对鲁迅的谈论，除了个别曾与鲁迅有过交道，最后以交恶收场的人（像施蛰存）写过一些鲁迅性格中的不是外，我们几乎看不到对其有什么不好的评价。哪怕是对鲁迅与弟弟周作人之间发生的涉及家事的矛盾，也多是从为其行为辩护的角度谈论。但事实上作为一个人，鲁迅性格中的缺陷其实是明显的。他能与同时代的那么多人闹翻，让人很难相信全是那些人不对。至于我之所以觉得这是很有趣的现象，是觉得中国文化中的“为尊者忌”在某一方面恰恰说明了它缺少坦荡的一面，总是想把那些对中国文化有巨大贡献的人塑造成完人。但“金无足赤”,这样的做法真的很好吗?我不认为是一种好的选择。当代也有一些诗人，有意识地利用了这一点，通过自我强调引发人们的谈论，从而在此过程中不断地锻塑着面目,譬如有些诗人被称为“我们时代苦难的代言人”,或者被称为“文学的良心”等等。由于有些诗人平日里我们并不是不熟悉，对这种被人们的谈论所塑造的现象不能不说有些更隐秘的了解，知道那些形象与其作为诗人的真身距离巨大。这样的情形让人不得不看到，很多时候，一个诗人被称为什么什么，恰恰是由于误解，或者说刻意地歪曲而建构的。所谓历史的真相，或者说一个诗人的真正面目，就在这样的过程中被慢慢地遮蔽起来。

118

我仍然认为当代诗歌最重要的部分是由我这一代诗

人贡献的。那些竭力想通过文章来说服人们我这一代诗人已进入人生的暮年、创作力枯涸的企图，在我看来多半是出于一种焦虑。任何人只有真正理性地看一看就能发现，中国当代诗歌从类型到方法，现在写作的诗人，不管其是七〇后、八〇后，还是更年轻的诗人，都没有突破性的发展，他们在写作中使用的技术手段仍然是在由我这一代诗人所倡导的；譬如“叙事性”“戏仿”“对话性独白”等方法（虽然对于我们而言，这些方法的采用也是受到了外力的影响）。即使是在由不同的成长经历，尤其是所谓的商业主义时代氛围带来的人生认识支配出的，具有认识论意义的对人生经验的不同理解被落实到写作中，使一些年轻一代的诗人的写作看起来与我这一代诗人有所不同，但其用以完成的技术性手段仍然没有获得新的改变，还是在我这一代诗人所提供的写作方法的框架中倒腾，最多提供了语言个人风格带来的不同，根本不能算作代变革命。所以，那些以为自己在年龄的优势下，可以简单地谈论自身写作的革命性进展的文章，实际上从根本上缺乏的是尊重、客观、自省以及理论上的自洽，有时候我读到这样的文章，尽管作者用了很多时髦术语，也貌似有一套自己的说法，但终究还是觉得难以信服，因为没有充分的文本例证，任何架空的谈论都显得空洞，而且华而不实。

119

不少人在谈论到当代诗歌的发展时，会用贬低的语气将一些诗人的写作称之为“翻译体”，并以此来论定中国当代诗歌的成就不值得夸耀。在他们的言论里再进一步，基本上是认为中国当代诗歌把学习的对象放在西方诗歌身上是一种放弃了创造性的行为。即使承认中国当代诗歌受到西方诗歌的影响，我们也应该分析为什么会受到影响，这一影响是在什么样的历史处境中发生的。如果看不到这一点，也就是说如果看不到中国当代诗歌是在二十世纪人类精神生活进程思想认识处在深化、修正、偏移、拓展、发现的大激荡时期——很多对世界、人类自身的认识具有发现的意味，甚至很多思想的出现改变了人类对自身处境的认识——展开的，就不会理解为什么西方诗歌的出现会受到中国当代诗人的青睐。人们本来应该看到中国当代诗人在谈论那些西方诗人时，其实谈论的是他们的诗歌结构方法，谈论的是他们处理问题的方式，而非谈论他们所使用的语言本身。在这一点上我们仍然可以以艾略特为例：作为一位在中国被广泛谈论的诗人，大多数中国诗人读到的的确要么是赵萝蕤翻译的，要么是汤永宽或者裘小龙翻译的文本。大家或许会比较这几个翻译家的译本谁的更让人喜欢，但是基本上没有谁会说艾略特的诗没有在方法上对阅读者产生影响。我们应该想明白的是，这种影响究竟来自艾略特诗歌的哪些方面——肯定不是语言使用的层面，很显然那是一种对所谈论问题的进入方式。的确，我一直认为如果一定要说艾略特对中国诗人产生了巨大影响，这种影响的实质一方面是他的诗所包蓄的对二十世纪人类处境的描述，以及在呈现这一处境时所使用的全景式呈现的技术方法。过去我一直认为艾略特诗歌的意义密度是很大的，今天虽然已不这样认为，但是不这样认为的原因并非过去的认识是不对的，而是在于不断地阅读已经使我对艾略特结构诗篇的方法有了更多了解，知道其方法在呈现意义方面的秘密关节何在。我一直认为不管谁说什么，我们必须承认对像艾略特这样的诗人，以及二十世纪其他的西方诗人的了解，促进了中国当代诗人在写作上的认识。这种的认识产生并不简单，甚至很难用影响来说明。如果非要说明，也必须说是一种建立在对文化本身的认识能力的认识之上的认识。所以长期以来，是不是“翻译体”对于我来说根本就不是一个问题。真正的问题是在写作中，我们是不是进入了二十世纪，也就是说我们是不是进入了现代主义以后的文化进程之中。我们写出的是不是可以坦然地说是属于二十世纪以后的诗歌。就此我觉得如果一个人还意识不到这一点，却要谈论中国当代诗歌，只能说明他没有弄清楚问题的由来。而至于有很多人说大家读到的不过是翻译家们的汉语作品，翻译家在外国诗歌的传播过程中所起到的作用巨大。——但是没有母本的存在，他们的语言从什么地方组织成形呢？

120

成为帝王师一直是中国传统文人的追求目标，屈原因楚襄王不听自己的建国方略，最后只好投江而去。李白骄傲，觉得自己一肚子治国谋略没有得到唐玄宗的回应，反而受到奸佞陷害，干脆如仙人拂袖而去。杜甫不断进献表册，说了很多但还是得不到重用。就是一直被后世文人指为楷模的“竹林七贤”，之所以放浪形骸，好像一副对名利不屑一顾的样子，亦不过是觉得自己没有受到帝王青睐得到重用，嵇康对政治说得过多终不免受死，阮籍亦是事曹魏而反司马，不得不退居保命，至于刘伶酒狂一世，喊着喝死算球了，也不过是觉得只有这样才会保命。中国文学历史大体上写满了文人致仕的辛酸。就是混得好的，像王维、王安石、白居易、苏东坡等，在治国之途上也是半天都没有搞顺畅。波兰社会变革的领导者之一的米尼奇克曾经说米沃什是波兰革命的教父，其思想对革命成功的指导意义巨大。米沃什的确对欧洲的政治发展说了很多话，他关于现代欧洲命运的言论确实具有深入、广阔、尖锐的见识，他本人亦被亚历山德拉·莱涅尔·拉瓦斯汀在《欧洲精神》一书中称为影响了二十世纪东欧思想发展的三大思想家之一，但是米沃什终究没有成为实际政治动作的参与者。有时候，文人作为思想的提供者可能对政治的影响更大，一旦进入实际上的政治动作，常常让人看到所做并非那么完善。像哈维尔，读他谈论政治的文章，其对极权意义的解析，总是觉得非常漂亮，但是其捷克总统生涯要说多么成功或许还得打个问号。进入当代，中国诗人中面对政治谈论的人亦不少，有时候听大家谈论来谈论去，总觉得是在围着政治的皮毛转，想进入而不得要领。但是，现代文化的特点是，如果一个写作者的写作，没有真正进入到与国家进程的联系中去，影响力终究有限。所以就影响力而言，当代中国诗人还不如五四一代。

121

近日读到陈敬容外孙女所写谈她的文章。老一代诗人的命运坎坷让人任何时候闻之都不免唏嘘。陈敬容的诗到底如何我已经没有印象了，但还记得八十年代买到她译的《图像与花朵》一书读后的激动。应该说直到今日，里尔克的诗最好的翻译一定少不了陈敬容。刚好前面的一条笔记谈到了翻译与中国当代诗歌的关系。这里面还有一个问题应该说一下，二十世纪以来最好的诗歌翻译还是由诗人完成的。一些所谓的专业翻译家的翻译，多半让人不想读，原因在于这些翻译家或许外语很好，但他们的汉语太差了。其实我们说到真正影响了中国当代诗歌的翻译作品，其中重要的原因是，翻译这些作品的翻译家都是母语使用的精妙之人。像我推崇的几个翻译家，李文俊、王央乐、汤永宽，虽然他们似乎本人不写作，一旦写出东西，那真是好。李文俊翻译福克纳写的长篇序文，其文体干净、简洁，比很多写文章的人要好几倍。还有一个叫王以铸的，当年读到他翻译的《奥古斯都传》，我被其文雅的语言吸引，不知他是何方神圣还打听了好一阵，后来才知道是搞古希腊罗马历史研究的老先生。所以真正好的翻译作品让我们喜爱，归根结底还是翻译家汉语使用得好。很多人忘了这一茬。而在我的认识中，所谓好的翻译作品，一定是翻译家的母语水平高。现在通常的情况是，很多人外语或许很精通但他们的母语水平太差了。我曾经碰到过一个在北大英语系当老师，后来因为闹出抄袭风波被开除的人，当时就觉得他对文学的了解几乎等于零。但问题是他在美国待过很长时间，是教英美文学的，想一想这样的人怎么指望他能翻译出好作品？就是最近被不少人推崇的几个年轻翻译家，我也实在看不出他们的翻译有什么好，但据说这些人的外语都特别好，是专业出身，那只能是他们的母语水平太差了。

122

在诗歌写作中信任语言是我们面对外界的一般性说法。这很可能是一厢情愿的、自恋性的观点。因为对语言的信任来自支配语言的能力。如果有人说他能完全做到这一点，在我看来其真实性是非常可疑的。原因在于没有任何一个诗人能够说自己可以真正地支配语言，让其在百分之百的意义上按照自己的意愿完成对想象的表达，或者说完成审美意义上的语言形式建构。这使得我每每看到有人说自己已经获得了与语言的最大限度的和解，有了某种程度上对语言的自由支配力，便不得不觉得其言辞带有自我夸张的成分，或者说是一种基于幻觉的自我欺骗。我认为，尽管有些诗人与语言的关系已经做得非常好了，但是也只能被看作有限度地完成了对语言的支配。也就是说，从绝对的意义上讲，每一个诗人都只能部分地进入语言。语言的奥秘从来不会完全地对写作者敞开，我们也永远不会知道一个词的能量到底有多大，其秘密都隐藏在哪里。对整体的语言的疆域到底有多大我们都难知晓，更不可能真正地看到语言的边界。

123

我倾向于认为对于当代诗写作而言，认识即形式，或者说技艺即形式。虽然从更为专业的角度讲，这不是一回事。但我之所以这样说，是因为对于写作而言，什么样的认识决定了我们的语言态度、话语认知。也就是说，对于当代诗而言，诗歌最后呈现出来的面貌，实际上是我们怎么看待诗歌的结果。而正是在有了非常具体的认识后，才出现了以什么样的技艺完成作品的写作策略，也就最终让我们看到技艺在其中产生的作用。很多人觉得当代诗写作中有很多人的写作是对技艺的放弃，完全是以简单主义的态度，将说话当作了诗歌成立的要素。其实就此一点，我们同样可以认为它是在一种对诗的认识的支配下获得的写作方法。虽然很多人认为这其中看不出对诗歌形式的要求。但从另一个角度来看，它本身呈现出来的面貌，也不能不说是形式的一种。只不过这种形式是否真正地能够体现出形式价值，那就是另一回事了。

124

百年“新诗”，对于还在写诗的人来说，其实是一个非常沉重的话题，因为谈论它，实际上是在审视这一虽然不算漫长，仍然有几代人走过其中的历史，审视自己作为一个写作者是不是当得起诗人之名。这里面一个很重要的话题是，在“新诗”这一包含了壮士断腕意味的文学革命中，后来者是不是没有辜负发起中国诗歌变革的前辈们的期许，是不是没有辱没曾经创造出伟大文学历史的传统，是不是以别样的面貌为这一传统注入了新鲜的活力。所以，任何以喜庆的方式谈论它的做法，在我看来都是轻佻的、张狂的、无知的，是对“新诗”这一命名的羞辱。有人说，这一羞辱已经发生了，但我却觉得它不过是提供了一面镜子。如果一个人还要以诗歌写作为志业，真正应该做到的，是如何不堕落到像他们一样无知。“新诗”，还有更为重要的工作等着人做。它还远远没有到达要为之举办庆典的时候。

125

微信朋友圈是很奇怪的场所，表面上所有加了关注的人都被冠以朋友之名，但实际上好像又远非那么回事。就像现在我的朋友圈加了几百号人，有些人我其实根本不认识，只不过是因为别人要求加关注，本着不扫人兴的原则，我一般没有拒绝都会加上。这样的结果是，虽然能看到很多过去没有这个圈看不到的诗歌讯息，却也让人发现它实际上把很多芜杂的东西带到我的视野中，让人有时不得不看很多并不想看到的文字。还有一个让人不得不面对的事实是，朋友圈在某种程度上模糊了诗歌的价值标准，让人在面对一些写得很差的诗时不好意思批评。或者说这样的朋友圈实际上让一些人有了与更好的诗人打交道的机会后，容易产生错误的幻觉，以为自己也成了写得很好的人，从而变得不知高低。从这个意义上讲，朋友圈这种东西虽然表面上增强了与人交往的便利，但也很害人。因为写诗这种事，与人交流虽然非常重要，但最重要的要求之一是懂得自审，而自审又是最需要警惕幻觉产生的。我这样说，有人可能会反驳说，你可以不看啊。我现在的确对很多出现在朋友圈的东西不看。不过我说上面的话的意思是，在中国这样的人情社会里，有些事物存在的利弊是明显的。朋友圈的利弊则是在这样的一个圈子里，让人很难讲原则，并不得不模糊诗歌某些重要的标准。

126

辨析力是一个从事文学批评的批评家的基本能力。一个自成系统的批评家一定是一个有高度辨析力的批评家。他所谈论问题的基础是在系统的批评原则的支配下展开的。这样一来，他肯定不会在碰到文学文本时见一个便说一个好，而是好与不好会在自己的批评理论系统验证下，由自己的辨析力自动分类，自动检测，然后得到符合他的理论系统要求的结论。由是，当我看到那些说这个不错那个也好的批评家，不用深想基本上会得出对其不以为然的看法，觉得如果他不是在道德上出现了问题，就是根本上缺乏辨析力。一个有见地的批评家，怎么会一边谈论米沃什的诗歌伟大，一边又认为郭沫若的诗歌也很了不起呢？

127

历史上对钟嵘将陶渊明的诗定为中品一直有批评的声音，不过就一个批评家而言，也许钟嵘并没有做错什么。钟嵘一直在齐梁朝为官，而且基本上都是做幕僚之类的帮闲，像在萧衍手下任参军，在萧纲手下做记室等等。萧衍、萧纲都是对文学有深入认识、自有体系的王侯。他们对文学的态度也许会对钟嵘有一定的影响。虽然我们可以认为钟嵘的独立性才是他站在自己的立场上对文学做出评价的前提，但是这种评价，与其所处时代的风气对文学的要求有关，不如说亦不得不受制于现实。钟嵘曾经评为上品的很多诗人，像王植、刘桢、张协等，到今天尽管我们还知道这些人的名字，但就文学史的影响力而言，他们已经不是那么重要的了。虽然如此，这些并不能成为说钟嵘没有眼力的证据。相反，就批评的影响力而言，钟嵘仍是中国文学批评史上开天辟地的人物，他发展出的批评模式到今天仍在发生作用。而有时候读到他谈论一些人的言辞，虽然以今天的认识来看我并不同意他的说法，但仍然会为他的直言不忌感慨不已。读钟嵘，让我觉得说一千道一万，文学总是在不妥协处让人见其伟大的。

128

面对公共事件，诗歌的无力感是明确的。以至于我花了很大力气也没有完成一首谈论近来出现的那些公共事件的诗。我对自己说，下面写出的这些文字是有意义的吗？我不能肯定。我能肯定的是，它们并没有有力地描绘出事件的真相，也不足以生动地表达出愤怒，甚至悲伤也没有表达。它最终成为我只能搁下的，处于未完成状态的诗歌废品——

细小的针眼，流出的血。
疼痛，犹如飓风弥漫，到达精神的
山巅和低谷。……
我直接沉默。我是冷漠者吗？只是无力。
语言的哀吟犹如惊鸟，飞起，
四散。我都看到了。我只能心里嘀咕
还不是第一次也不是最后一次……

而之所以处于未完成状态，不是因为别的，是因为我发现自己根本无力做到从诗的意义上给予它一个自洽的结构，也不能真正做到在审美的层面上给与它符合道德的面貌。对于我而言，做不到这两点的确是一种失败。为此，我不得不想到在很多情况下，诗与社会现实的关系的确是非常复杂的，诗歌的自洽，有时候会粗鲁地拒绝我们对题材的处理。它使得我们在写这类东西时必须做出更多思考，寻找角度的工作难度更大。这一点虽然在我们的前面有成功的先例，像杜甫的“三吏”“三别”，以及米沃什的一些写于二战期间的作品，但是，这类成功并非人人可以获得。

129

当代诗歌写作处理现实的能力一直被人们诟病，一些比较极端的人甚至认为这是由于诗人缺少社会责任感。其实这一问题并非像有些人想象的那么单纯。首先一条，我们应该搞清楚的是当代诗到底在何种程度上能够被称为是符合诗的，再者如何处理现实才是对于诗而言有效的。如果这两点搞不明白，即使写了恐怕也是起不了作用的。所以在很多时候我们会发现，尽管有些人在面对社会事件时，总是能够很快地写出分行文字，却让人不太容易认同其是有效的诗歌。这其中的原则性问题还不是一种作为对待事件的态度的写或不写那么简单，而是作为一个诗人我们是否能够真正地找到以诗的形式参与社会事务建设的路径，如果能够参与，如何参与才是有效的。我个人是十分反对那种把写诗看作简单表态和站队的观点。

130

当代生活的复杂，让一些人在面对出现在眼前的各种事件时，因为不敢或者不便直言说出自己的观点，而采取了以曲就直的说话方式，由此我们在很多场合能够看到有些人总是以旁敲侧击、冷嘲热讽的口吻谈论问题。这种情况看多了不免让人厌倦。原因之一是，有些人明明内里很懦弱，或者有时连要谈论的问题都没有搞明白，却偏偏表现出一种自以为是、高谈阔论的样子。其实，用旁敲侧击、冷嘲热讽的方式谈论问题需要很高的智力，特别讲究语言技术，也很需要把握分寸感的能力。一旦失度，结果会与想要达到的效果相去不可以道里记不说，还会让人觉得其中隐含的不过是说话者内心的孱弱和自卑，同时还有四川话说的“假老练”。在诗歌界，我已经看到过这样的一些人。这些人明明自己写不好诗，却偏要表现得对别人的诗不以为然，但又不直说，以至说起话来的腔调，与我上面说到的那种现象非常一致。

131

从传统中找到走向未来的路径，是一件说起来容易，但要真正做到则非常困难的事情。在当代诗写作领域，我几乎看不到有谁能完成这样的工作。原因之一是，从事当代诗写作的人，包括我本人对传统的认识还远远达不到能够分辨路径的要求。我们仍然只是在很浅的层次上对传统做出一些皮毛性的认识，而传统，哪怕将之局限在诗歌领域，也是极其宏大的一个场域，何况对之的认识还不能仅仅局限在诗歌方面单一的认识上，还需要我们对整个传统文化的演进有基本的了解。原因在于，任何一种文化类型的产生，并非仅是从其内部生发出来的，还有文化的整体性以及社会现实状况对之产生作用。从这一点来讲，如果我们谈论传统，譬如讨论某些具体的诗人，要看到的就不仅仅是他写出来的诗在技艺上呈现了什么，还要看支撑其作品的内在的那些精神性的东西都有哪些。就像我们谈论杜甫，不管是其早期诗还是其晚期诗，技艺的发展与变化尽管是让他步入伟大诗人行列的重要因素，但是如果只看到这一点，而不去寻找他与整体文化的关系，譬如他与儒家的关系，以及他看待国家、社会的态度，不免难从总体性上去获得对他的诗歌价值的认知。

132

有人以学者的身份评价李白，认为其在中国诗歌史的重要性不如杜甫。对于这一看法肯定会有人表示异议。在诗歌史上一直是李杜齐名，甚至李白总是排在杜甫前面，但好像谈论他的人比谈论杜甫少很多，历史上有“千家注杜”之说，但似乎并没有“千家注李”之说。就我有限的了解，历史上“百家注李”也没有。这真是一个奇怪的现象。按常理来说，李白诗的伟大性是不言而喻的，为什么会没有人像研究杜甫那样研究他呢？这是不是因为他太高级，属于天马行空的类型，一般的评论家很难把握住他的那些想象的来路，难以言谈，于是将他束之高阁，敬而远之不谈论呢？的确，在面对李杜时有一点应该是可以肯定的，杜甫可以学而李白难以学。宋以后的诗歌史似乎亦证实了这一点，学杜而成大家的人不少，像黄鲁直、陆游、王冕等人，但学李的好像没有听说谁成功了的。由此，我们是不是可以这样说，杜甫为后来的中国古典诗提供了章法，李白呈现的则是天才的想象力。章法可以学而想象力却是专属。所以有一个说法大概是可以成立的，两宋至清及民国部分时期，中国诗歌史基本上是对杜甫的拆解，不少人取其一法即能自成一家。

133

有时候对伟大的人物的言论不能全信，譬如朱熹在评价杜甫的《夔州诗》时便基本上是持批评的态度，他认为“杜甫夔州以前诗佳,夔州以后,自出规模,不可学”,他还说杜甫夔州诗“说得郑重烦累……”朱熹无疑是中国思想史上最重要的思想家之一，对后世的影响不能说不深远，他论诗的言论不少,《朱子语类》中有关于诗的部分,《诗集传》更是专门谈诗的著作，但真正落实到对具体的诗的把握上，有时却并不是那么令人信服。在今天看这一点能看得特别清楚。杜甫的《夔州诗》二十四首，在今人看来是他一生的诗歌高峰之一，几乎首首属于精品，而朱熹的评价很显然是不确切的，最多只能算一家之言。这种情况说明了什么？是不是再一次说明谈诗一业并非人人可行，还是需要长期浸淫而有专攻的？在这一点上，近代世界学术界也有成例，海德格尔谈论里尔克，亦当属于此类，虽然说得玄乎，在我看来，他不过是把里尔克的诗套在自己的存在主义理论的套套里面，以此来谈论另外的一些东西罢了。

134

“中国话语场”是二十世纪九十年代由我提出的一个谈论诗歌写作的说法。这一说法的提出是希望面对当时写作环境的现实状况，有针对性地为自己的写作寻找解决方案。而关于“话语场”，福柯在他的《性史》一书中谈到十七、十八世纪的法国嫖娼卖淫活动泛滥的情况下，政府在公共话语领域对涉及此类活动的话语进行了强制清理，禁止在大众领域公开谈论。虽然清理的结果是谈论这类事的直接话语大大减少了，但社会上却由此出现了越来越多的转换性语言。福柯在对这一现象深入研究后提出了他的著名的“话语增殖”理论。这一理论旨在说明话语的产生有其特殊的形式，而且具有反向增殖的色彩，即对某些话语的限制，反而促进了替代型话语的大量繁殖。福柯的发现很有启发性，对于我们来说，如果希望自己的写作能够反映身处的现实环境的状况，能够在写作中做到对一个时代的社会生活有所记录，那么就必须对自己身处在什么样的语言气氛中有深入的了解，进而找到与之有效对话的语言策略。这不是一件简单的事情，它需要我们更清楚地认识到自身的语言处境。毫无疑问，就现实状况而言，中国当代诗人身处的语言环境与世界上很多国家的诗人所处的语言环境是不一样的。它生成的问题也自有其特殊性，其路径形成也与其他语种的国家很不一样。英国诗人希尼曾在谈到波兰诗人米沃什一首名为《思想》的诗时说过，像谈论思想这种抽象意义题材的诗，一个英国诗人多半不会去写。而他在分析了米沃什与东欧社会的政治环境后，说自己终于明白了这类题材对米沃什而言写作的合理性和必要性。其实希尼所谈到的问题，正是“话语场”在一个诗人的写作中所具有的重要意义。所以“中国话语场”一说，并非只是一个单纯的基于文化传统对语言问题的考虑，它内在的意味在于，萦绕于我们身上的特殊的社会现实对写作的影响是一个中国诗人必须着重思考的问题。如果一个中国诗人不考虑这样的问题，不在写作中寻找与自身所处环境的对话策略，不真正地找到自己的话语方式，很显然写作的有效性将大大降低，甚至最终无法获得与自身所处时代的有效对话。总而言之，我们必须明白的是，一个中国当代诗人的写作具有突围色彩。而写作的路径何在，并非像有些人认为的那样，仅仅取决于个人才能在多大程度上获得对语言的支配力。这样的状况，即使到了今天我们仍然没有看到有所改变。

135

对风格的强调有可能带来两种结果：一、写作者仔细分析什么是自己的强项；这一分析包含了对语言习惯的确定——想象的构成、节奏的运用等等，从而使之在写作中最大化地利用自己的强项来获得作品的个人面目。这一点符合奥登所说，一个人的才能是有限的，必须为自己设计出能够控制的写作范围，用自己擅长的话语方式写。二、仅仅把风格看作一种表面的语言形式，从而在写作中有意识地利用词语的个人化组合制造符合自己理解的诗歌样态，从而在诗歌形态上呈现出一目了然的样貌。很显然，这两种对待风格的态度，最后收获的诗歌是不一样的。我个人更推崇第一种认识，觉得它会带来写作者从内向外发散的形式认知，可能会使写作本身真正具有内在的形式感。不过，我觉得近些年来真正占主流的认识来自第二种。原因在于在有意识建立风格的过程中，第二种做法很容易让人看到效果。

136

就修辞性使用语言的情况来看，楚辞，以及汉、魏晋南北朝时候的赋，甚至文论，都应该算作中国文学最讲究形式感的时期了，这一点我们不管读当时的诗还是文章都可以看到。最近我每读这类文字都会被其中的讲究抓住，觉得这些古人们真是下了很大功夫，一字一词都在精确、生动、华美、绮丽上做文章。虽然有时候会让人觉得，那些四六骈文，以及其他的文体，对形式的追求搞得有些太过了，有时候甚至伤到了内容的肌理，但又觉得这样写东西的态度还是值得学习的，至少让人在写的时候有形式压力，会动脑筋去考虑怎么把文章写得漂亮。不像现在，一般的人写东西基本不考虑文体，怎么说得清楚怎么来。虽然这样搞，直接、简单、方便一些，但结果是，让人每每读之觉得大多数文字都写得非常粗糙，甚至有些只能用粗鄙来形容，一点讲究都没有。从语言发展的情势来说，现在当然没有必要像古人那样严苛，最后陷入形式主义的泥淖，不过讲究一点还是应该的。不管怎么说，时间过去了那么久，现在来读过去的那些文章尽管有时候会感到有些隔，但我们仍然能体会到某种意味的精妙。这恐怕是作为文字工作者需要去追求的东西。

137

哈金让人了解到的是他去美国后一直用英语写作，并取得了成功，得到过很多美国文学的重要奖项。他已经是美国著名的作家写作班波士顿大学创意写作班的主任教授。而他最近出版的用汉语写作的诗集是他想重返汉语的成果。我阅读后觉得很有意思，意思之一是，就语言而言，他一般以直接叙述为主，意象的选择很少；二是他基本写的是对生活的认识，讲一些基本道理。现在国内已经没有多少诗人像他这样写了。不这样写的原因很多，但主要的一条是，这样的诗从表面上看缺少复杂性，同时在语象上显得色彩不那么隆重，好像单调了一点。从阅读后的感觉看，我对哈金的诗还是比较赞赏的。我觉得他的诗展示了一种非常直接、朴素、诚恳的对待世界以及对待文学的态度。这种态度在语言效果上仍然有打动人的特殊力量。哈金是接受过现代文学教育、在专业意义上对现代主义以后的诗歌不陌生的人。他这样写作自然有自己的道理。我觉得他的诗隐含了一种想直接回到叙事的基本意义的努力——把事情讲清楚。读他的诗，很容易让人想到哈代、叶芝这些更早期的现代诗人。

138

这几十年，“天才”是一个被用滥的词。我经常看到有人对刚步入诗坛的年轻人用“天才”一词评价。这些被冠以“天才”之名的年轻人，十有八九过不了几年，不是从诗坛消失，就是越写越平庸。所以到了近些年，我只要看到有谁又被人称为“天才”,基本上是以不相信、或者说走着瞧的态度对待。我甚至觉得,那些频繁以“天才”为别人冠名的人，是不是心存阴谋，或者说至少不怀好意，他们这样做要么是拉拢年轻人，要么是故意用这样的称呼扰乱年轻人的心神，使之难以真正坐下来潜心钻研诗艺，忘乎所以地错误认识自己。不过“天才”到底有没有呢？当然是有的。但现代诗近百年来当得起“天才”一词的诗人，在我看来为数寥寥，细数也不会多过一只手的数。动不动这个是“天才”那个也是“天才”,难免很吓人是不是？而如果真是这样，中国诗歌的成就何止现在这样。至少，那么一大群“天才”，也应该让我们碰上个把李白或者杜甫这样级别的诗人了吧？只是现在哪里看得到？

139

我们总是很吝啬对同代诗人做出评价。这可能有几个方面的考虑：一、评价与自己交往密切的诗人，会被人看作是友情捧场；二、批评与自己关系不好的，甚至是诗学认知不一样的诗人，会被认为是文人相轻；三、评价比自己有影响力的诗人，会被看作是在拉关系，讨好人。总之，诸多因素的存在恐怕是人们不太愿意评价同代诗人的缘由吧。当然，还有一个原因可能是，对于处在行进途中的诗人，尤其一些被人看作有创造性的诗人，要清晰地谈论出其写作的得失是一件有困难的事情。就我自己的情况而言，很多时候面对同代诗人的写作，的确感到能说的东西太少。这种太少来自两个方面：一是看不清，很难把握住同代诗人的写作走向，尤其是当一个诗人的写作出现变化时，对他的变化的缘由以及诗学走向很难搞清；二，也是更主要的一个方面，对很多同代诗人的写作难以满意，看到的毛病比优点多。如果要谈论只能是批评的话比赞扬的话多。但这肯定是要得罪人的。这年头，好多写诗的人都是“别人家二大爷”，碰不得，所以还是不去得罪为妙。

140

不知这样的看法是不是正确：我一直认为中国文学在一条阴线上走。读唐宋以前的作品，不管是诗歌还是志怪类的小说，都还有一种阳气贯穿其中，而元明之后，除了个别谈论国家灾难和个人困境的作品还存有刚烈气韵——像文天祥、蒲松龄、龚自珍等人写下的东西——大多数人写下的作品都变得纤柔、细碎、缠绵。虽然很多人认为像《金瓶梅》《红楼梦》这样的小说仍然具有史诗性，其阔大、复杂可以被称作是对人性及社会生活的全景图式呈现，但那种弥漫在其中的儿女情长，尤其是在细节展现过程中的津津乐道，怎么看怎么让人觉得是在阴柔上做文章。再者就是像纳兰性德这样的诗人，其似水的文字，如女性绣花的气韵，不用阴柔形容还能怎么形容呢？所以很多时候，我的确更喜欢唐宋以前的文学。虽然就技术性而言，其中的有些作品的确让人觉得粗粝了一点，但是这种粗粝中呈现出一种具有征服意味的骄傲。我个人特别欣赏这种骄傲。

141

诗歌中的人称，不管是我还是你、他，在我看来大多数是写作策略给出的选择结果。这是因为，写作从本质上讲是一种对话。这种对话，既是写作者与外部世界的对话，也是写作者与自我的对话。由此，阅读者如果只是以从作品中寻找写作者传记的方式阅读作品，得到的答案基本上是错的。因为写作本身是一个虚构的过程，在这一过程中，哪怕有本事的依凭，不管是对事实还是情感，都可能存在着写的时候的夸大与隐藏，所以完全不能将之等同看待。而另一个更重要的方面则在于写作是在某种程度的假设的基础上展开的，它所要求的不管是叙述还是描绘，都预设着对象，是一种与对象的交谈，或者说向对象的敞开。它将说话的人置于对话的状态下，虽然有时候我们也许会看到这样的对话并不要求对话者的回答，但更多的时候人们应该能够发现其中实际上存在着要求回应的动机。这一点从根本上讲，可以称之为写作的隐秘目的。

142

文学的“雅俗”之辩，一直以“雅”优于“俗”而成为正朔。而现代汉语兴之以来，俗似乎占了上风。这是因为现代汉语依赖的基础——白话，实际上是俗语。也就是说，现代汉语是在俗的基础上成为一种语言形式的。因此，在近百年的现代诗写作中，一个最显著的现象是，凡是求“雅”的写作，作品最后给人的感觉，基本上都显得做作、局促、生涩、紧张。不管是二十世纪有很丰富古典传统修养的老一辈诗人，还是现在的一些诗人的作品，莫不如此。尽管从某种意义上讲，他们的作品已经是非常好的了，但仍不免让人感觉不佳。因为此，现代诗总给人一种粗鄙的感觉，甚至让人觉得粗鄙大行其道，成为很多人津津乐道的东西，这当然无法让很多人不喜欢。从这一点上说，当代诗人的任务仍然是艰巨的。

143

对人类处境的忧虑，在二十世纪的写作中表现出的程度，可能是以往所没有的。这一点，我们可以从卡夫卡、艾略特、米沃什等人的作品中找到最有力的证据。中国当代诗自然应该在这方面做出努力。原因在于中国人的处境与人类总体的处境一致这一点是没有问题的。但另外，中国当代社会还处在一个更为复杂的，由国家意志带来的特殊处境中。这一处境的复杂意味非常具有挑战性。因而对于中国当代诗人来说，在一般性的任务下还增加了处理特殊现实的复杂性这样的任务。近年来我们从作品看出有一些诗人在做这样的工作，但结果并不完全令人满意。在更多的情况下，我们看到的是由对语言的关注带来的趣味化处理诗歌的潮流成了很多诗人的致力点。虽然这样做一方面带来了部分诗歌的精确化，获得了具有形式意味的收获，但另一方面却对真实的现实处境有所回避。怎么解决这样的问题的确需要人思考。只是现在似乎还没有让人看到有谁找到了比较好的出路。

144

余光中辞世网上哀悼声一片。余文学成就到底如何，恐怕还得留待时间检验，或许时间会给他一个的公正评价。在这一点上，时间应该是公正的。中国文学史在这方面并不乏先例。像被誉为“山水诗”之滥觞的谢灵运就是很好的证明。时至今日，康乐先生在文学史上的地位自不用多说。他对山水的吟咏，今日读之仍喧然夺人视听，不得不喟叹不已。他无疑系站在伟大诗人之列的文学人物。然观其行径，奉命撰文写尽谀辞，外派为官有巧取豪夺之嫌，对乡人亦十分傲慢，甚至做过夺人性命之事，并不为治下百姓所喜。因惜其才，哪怕为官不事，常弃府出走乱逛山林，皇帝亦护佑于他，而其并不收敛，终遭流放，且是流放后还不收敛，心怀芥蒂，意图谋反，后被行刑于市，死于盛年。以致后来者如我，睹其生平，阅其诗文，不禁唏嘘。这真是再一次验证了文学与人品有时真是两回事。所以我们不能将文之高标等同于人之高格。有时候振振乎写字者，或许恰恰是阴阴乎小人。

145

写作大体上有两类，一类在写作中追求绝对，一类在写作中探讨相对。我曾在一段时间里对相对这一问题很执着，自己出版的一本论文集亦命名为《在相对性中写作》。只是最近，我觉得当时的表述太单一了。正确的表达应该是“在相对性中寻找绝对”。米沃什有一个观点：宗教是将人的目光引领向上的，而马克思主义则将人引向前方。我理解的米沃什的意思是，向上是绝对的，是对人类终极目的的接近，而向前，则很可能是阶段性的，是在时间中寻找终点。而时间的无止境似乎并不能真正地提供一个终点。我觉得从这一点上说，米沃什所谈正好涉及的是相对与绝对的问题。以我现在的认识，尤其是以我们所处的政治文化处境来看，我希望的达到写作是，在相对中谈论绝对：从对具体的事物，包括人们一般情况下说的对日常生活的关注中，找到抵达认识人类绝对问题的路径。也就是说，诗歌仍然应该将自己的目标定在对人类生存意义以及对人类在具体生活中的命运做出探究这样的工作上。只不过这必定是一项非常困难的工作，原因在于，在对具体事物的处理中，我们很容易将之现象化与琐碎化，最终使其变成了场景片段的简单记录，变成了一种即时的感慨。我现在已经意识到，处理日常事物的诗，真正的着力点并非在对细节的描述上，而是让细节能够服务于我们想要指向的对终极问题的探讨。做不到这一点，很可能诗写得再生动也是失败的作品。

146

山水诗作为中国诗歌传统中的一个大类，历史上一直受到写作者的关注，具体实践中也产生了不少伟大作品。由此而言，今天我们称之为“新山水诗”的写作，实际上可以被看作是对传统的一种承续。这里面蕴涵着一个明显的考虑，即它似乎可以恢复当代诗人即兴处理题材的能力。我一直觉得这是特别有意思的一件事，也一直觉得即兴作为一种写作方法，其实是对写作者处理现实的能力提出要求。在这一点上，古人早已为我们提供了伟大的范例，只是当代诗的认识观念已经使得构成诗的语言方式和方法完全不同以往，从而导致了很长时期人们对即兴写作采取回避。从写作“新山水诗”的过程中恢复这种能力应该被看作是对传统的一种回望，同时也可以理所当然地将之看作是对传统的一种致敬。当然，必须说明的是，由于语言使用方法、方式的彻底改变，在今天处理这类即兴题材时，就其意义而言，我更愿意强调的是它的“非即兴性”。而什么叫“非即兴性”呢？我的意思是，在今天我们面对这类诗时，已经将确定的世界观灌注在了写作中，它更多的是属于一种认识论意义上的对题材的具有“现场”意味的处理。所以很多时候，人们应该注意到“新山水诗”的具体写作，实际上是以陈述代替了描绘，叙说代替了布景。也就是说，“新山水诗”并非以“还原”和“刻划”为旨归，它的目的在于重建对山水的认识，以及重建人与山水的关系，进而通过对山水的再认识，重建人与世界的关系。

147

对词义的改造，或者说赋予一个词以新意，是每一个诗人都致力于做的事情。这样一来，对传统的认识便成为写作中需要想一想的问题，什么样的选择是能够让我们与传统真正建立关系的选择。在这一点上，我觉得情况是非常复杂的。我的理解是，它肯定并非一种文体意义上的趋近，也并非在修辞方式上对古典作品的简单学习，甚至也不是某种致敬意义上的语言认同，而在于我们是否能够从精神的联系上找到一种与伟大作品相关的一致性。这里面涉及的问题相当复杂，首先是在形而上的意义上找到贯穿在传统中的，能够被人们称之为可以体现文化的内在气韵的认识，再者则是在情感上找到来自文化内部的认识方式。大概只有这些东西被贯彻在写作中，最终生产出来的作品才能让人觉得获得了与传统的关联。不然的话，哪怕在外在的形式上找到了某种形似的语言方式，也很难说与传统有了关系。因此，这里面的创新因素是非常重要的。从这个角度谈论的话，当代诗写作的基点还是创新。只有真正地做好了词义的新发现，才可能写出对于传统而言有用的作品。不然的话，写作只不过是一种简单的返回。而对于诗歌的发展来说，简单的返回是没有意义的。

148

借景抒情，咏物以言志，一直是中国诗歌传统中普遍使用的方法。这一方法在现代诗中部分地被放弃了。放弃的原因是语言使用方法发生了改变。从这一点看，如何有力地恢复这一传统，使之在当代诗的写作中得到落实，是需要我们思考一下并找到具体实践的方法的。当然，已经有人在做这方面的工作，也让人看到了一些成绩。只是这些成绩还没有形成一种“类型”，得到人们普遍认同。在这个问题上是否存在着一种新方法？譬如象征主义的，或者后象征主义的呢？从目前的情况看，简单的比喻是肯定不行的。而象征主义或后象征主义，通过意象的使用来达到对意义的呈现，似乎又有些复杂。怎么搞，我自己还没有想清楚。

149

人们常常在称赞那些伟大的男性诗人时，忘记了他们的妻子或曾经陪伴过他们的女人，但曼捷斯塔姆的妻子娜杰日达以自己的两本回忆录，提醒着我们这是不对的。如果说曼捷斯塔姆是那些伟大作品的创作者，那么娜杰日达所做的才是让这些伟大作品得以存世的最重要的工作。这里面所包含的信念的力量是惊人的。也就是说，我不仅仅将娜杰日达的回忆录看作只是做了记录的工作，我认为它本身就是信念的产物。正是在信念的驱动下，娜杰日达才完成了在我看来几乎是不可能完成的保存曼捷斯塔姆文稿的工作。可以肯定地说这是比创作更困难的工作，光是其中对记忆的要求就让人叹为观止，没有非凡的强制力不可能做到。在阅读娜杰日达的这两本书时，我常常产生她有强迫症的看法。不过正是这样的强迫症，才使她做到了常人看来不可能做到的事情。仅仅由于此，我想说的是，必须将更大的敬意献给娜杰日达样的女人。因为我不太相信这样的事落到一个男人的头上，他能够做到这一点。很多时候，女人的坚定的确让人感到可怕。

150

写作的“有效性”是非常复杂而重要的评价标准，它强调的是个人写作的面目的辨识性，大凡成功的诗人的作品一定是面貌清晰、辨识度非常明确的。用此作为标准评价中国当代诗写作，我们会发现很多写作者的面目不那么清晰。这些人虽然写出了不错的诗，但缺少足以被读者一眼分辨出来的作品特征，很容易与其他人的作品混为一谈，更不要说用“创造性”给予评价。由此，我们只能说他们是在一个时代的诗歌写作大潮中被裹挟进了潮流，成为混杂在诗歌大潮中的面目模糊者。这样的写作者，多数情况下会成为诗歌史叙述忽视的人，或者成为别人的陪衬。说他们的写作不具备“有效性”就在这一点上。问题是现在很多写作者并没有意识到这个问题。他们总是觉得自己已经写得非常好了，但是他们的这种好的意义真的十分可疑。实际上人们只要看一看现代诗近几十年的状况就可以看出眉目，所有真正被人们注意到的、评价很高的诗人，无一不是面目清晰的诗人，哪怕遮住其作品的署名，读者也能一眼看出自己读到的是谁的作品。所以对一个写诗的人来说，真正重要的并非写出所谓的好诗，而是找到自己的话语形式。只有找到了把自己区别于其他诗人的语言形式以后，写作的“有效性”才可能获得。所以，我一直有这样的观点：不要在乎自己写出的是不是一般人意识里的好诗，应该是每一个写作者必须遵循的写作原则。我们有必要知道，写出一些好诗是比较容易的事情，但写出可以被辨认的诗却是一件需要花大力气去做到的事情，甚至可能花了大力气还不一定能够做到。

151

现代性的获得并非是对外在物象的选取，而是一种精神性的认知。二十世纪那些伟大的现代诗人，像弗洛斯特、史蒂文斯、米沃什等人，他们的诗中对世界的看法的意义，在于其中包含的对当代生活的意义的洞见与反思。如果仅仅希望依靠词语的选择，而非对词语本身的内在意蕴有所挖掘来建构起现代性，毫无疑问，这样的现代性只能是伪现代性。因为很多时候对词语的使用，一种诗歌语言形式的选择，是与谈论的问题相关的，它们实际上需要内外相合的一致性。所以使用什么样的词语，以什么样的方法使用词语，其实是根据对诗歌问题的认识来设计的。在我看来，中国当代诗的现代性缺乏是认知性的，而不是技术性的。很多诗人表面上对当代生活的追逐，好像很有现代性，但只要深究，便会一下子看到其中的陈旧。这种陈旧是认识论意义上理解世界的观念性陈旧。正是如此，对于有些诗人来说，不管其以什么样的方法，通过什么词语把自己置身于什么样的当代场域，其诗作仍然存在着骨子里甩不掉的封建气息。我曾经在二十世纪九十年代前期便说过，中国当代诗写作还没有跨过六十年代的的门槛，还没有真正进入到处理二十世纪人与世界关系的栅栏里面活动，指的就是这种情况。说得具体一点，就像现在很多人还在希望自己在诗中谈论侠义精神、高蹈风骨、独善于世，并以二元对立的方式来谈论这些东西，以简单的温情看待纯粹出于想象的美好、人性之类的事物，尽管骄傲得很牛气得很，但其实不过是抓住一种老朽的东西不放。譬如他们还在幻想着行走江湖，过那种风轻云淡的，李白、陶渊明、苏轼等古典诗人所过的浪迹天涯，走州吃州走县吃县，或者隐匿山野，不理会现实社会发生了什么，纯粹出于虚构的生活。他们让我意识到谈论现代性，并将其真正落实到具体的写作中，是复杂得很的事情，首先要解决的不是别的问题而是观念。在我的眼里，如果没有观念的改变，不能以二十世纪以降的人类认识世界的认识看待我们置身其间的世界，不能与世界建立一种崭新的对话关系，所谓诗歌的现代性其实无从建立。

152

诗歌的革命肯定首先是语言的革命。这一点并不需要再费口舌去做过多说明。只是很多人还在纠缠修辞与诗歌的关系问题，使我们不得不花力气谈论一下。应该这样说吧，语言形式变革的显相是什么？当然是修辞方法的变化。任何在历史上被称为诗歌革命的现象，其最重要的表象便是修辞方式发生了变化；四言、五言、七言以及长短句，都是这种变化的具体体现。过去的学问家和诗人为什么在面对这种表面上诗体的变化时，总是用大量的精力去解释，说穿了不过是要告诉人们，对语言使用的认识是促成诗体变化的前提。所以今天我们讨论一个诗人是否成立，也必须看其语言方式是否呈现出变化带来的独立性。这里面包括了个人化的修辞带来的诗歌面貌的清晰。注意到这一点，也就注意到了是什么带来诗与诗的不同。因为说到底，修辞，在诗歌写作这一领域里隐含的意思是——不同，即当我们说到一个诗人的写作时，如果能够在修辞的层面上对其进行谈论，不过是说明这一诗人，已经是一个具有独立面貌的诗人了。

153

网络上总是有诗人抱怨不被读者理解，或者直接认为读者对自己的忽视是因为他们不懂诗。这样的抱怨没有必要。首先，我们写诗，是按照自己对语言和事物的理解来进行的。对语言和事物认识的程度决定着一个人写诗的形态，以及决定着一个人最终在诗里呈现出什么样的对事物的认识。只要把握住这一点，我们就应该清楚，写诗这一活动，其内在的驱动力来自什么地方，也就知道写出来的诗对自己具有什么意义。而只要对自己有意义，读者理解不理解有什么关系呢。记得很多年前与朋友聊天，我们曾一致同意写诗从某种意义上讲是一种对自己而言救命的事情。我们的意思是，生活在这个时代，唯有写诗是一件可以由自己左右的事情，它最关键的作用其实是让我们通过写来做到对时代的疏离。很多时候，诗实际上是我们建立的一道篱栅。让我们得以在一个安全的空间，目睹时代的风云。同时又由于诗本身具有的记录、改变、修正等性质，可以帮助我们通过写而加深对人与世界的关系的理解，而且写本身就是一个认识过程，通过这一过程，我们能够比不写更了解怎样认识世界。

154

我发现越是想要通过阅读过去的文字去理解传统，对传统的理解越困难。原因在于，传统太庞杂了，它就像我们古老的帝国一样，巨大的身体里面藏着多到数不清的，好与坏同样丰富的旧东西。面对这样的庞大，分拣、辨别、归类、选择实在是一项艰巨而困难的工作。

所以不要说通过个人的力量去认清传统，更不要说通过个人的努力去重塑传统，就是看清楚它都是非常要命的事。因此，我对有人说自己要重塑传统这样的抱负是很怀疑的。我觉得，说这样的话的人如果不是真的能量巨大，那就自负到无知。反正我是不敢这样说的。我觉得我现在能够做的工作是通过阅读，寻找到传统对自己而言有用的东西，再看能否把这样的东西吸收进自己的写作。如果能做到这一点，我就已经非常满足了。我希望的是，自己能够与传统建立起一种联系。这种联系的意义在于，让人看到作为一个写作者我们的来龙去脉。这一点能够完成，对于我来说已经是心满意足的了。

155

对自己的写作的解释始终是一门学问。这里面可能有事先的设计，也可能存在着事后的总结。原因在于，写作一方面需要事先确定大致的方向、范围和形式方法，另一方面，写作经常会出现意义的偏移，语言会在写的过程中出现对词语逻辑的自我推导，最终使写出来的成品并非如我们事先想象的那样，既可能不成功，也可能产生意外的良好效果。由此，我们需要分析这种发生在写作过程中的，由现象带来的，或许是新的语意对写作产生的影响。一般情况下，事后的总结实际上是自我辨认。这种时候，我们总是希望尽量寻找能够说明自己所写作品的意义的辞藻，也就是说我们是在为已经成为文本的作品寻找一个存在的理由。大多数情况下，这种理由的寻找并不困难，但也可能发生寻找到的理由很难说清楚作品价值的情况。就我个人而言，我更看重总结的过程，我认为也许在总结的过程中，我们会获得对自己写作的新认识，甚至获得对诗歌的新认识。对诗歌来说，意外的发生总是最有意思的事情。

156

多年来我已经养成了习惯，凡是别人寄给我的诗歌民刊，总会在拿到手后立即浏览一遍，看看有没有什么有意思的作品，尤其是有没有什么有意思的、自己没有读过的新人。只是近年来我在这方面的收获不是太大。几乎所有的民刊，除了印刷得越来越漂亮（有些甚至可以说印得豪华外）基本上读不到让人觉得有意思的作品，更难发现有趣的新人。以至于我在大多数时候觉得，如果办民刊这两点没有达到，民刊办出来的意义便不是很大。为什么这样说呢？原因是我觉得办民刊的目的应该是以创新为主旨的，有些作品由于与主流审美认知有分歧，只好自己印制传播。或者，主要是一些诗学观念相近，平时里交往又比较多的人，希望办刊物促进写作的发展与进步、增加友谊。如果不是这些原因，现在办民刊的确没有什么意义。当然，也许那些办民刊的人有自己的想法，只是作为读者，在民刊的阅读中不能获得一种新的收获，对之的阅读兴趣真的会消失。现在我就基本上对多数民刊没有了阅读兴趣。

157

曾经读过一本叫《病夫治国》的书，书中分析了十几位国家统治者的身体状况对治理国家的影响。其实，写诗的人的身体状况，对写诗亦是有影响的。有病的诗人与健康的诗人在问题的关注点上是不一样的，因此他们对写什么的选择也会不一样，甚至最后落实到具体的题材的处理方式与结论也会不一样。这一点尤其表现在老诗人与年轻诗人的写作上，尤其是他们对题材的选择与意义的处理上。过去我们谈论晚年写作，主要谈论的是人生经验的社会性方面，其实晚年写作还包含有身体经验。自然带来的身体机能衰败，必然会影响到一个人对世界的认识以及面对日常生活时的态度，这些都会成为非常尖锐、并具有迫切性的问题，这一点促成了写作对方向的认定，甚至促成了具体写作中对词语的选择。如果我们读到一个老年诗人的作品，看到他的用语、意象，仔细琢磨，应该会发现与年轻诗人是有所不同的。所以，很多时候，写作的种种奥妙，并非很多人说得那么玄乎，它不过是身体的自然反应。我们需要分析的是一个诗人怎样利用了这种反应。在我看来，一个好诗人是能够有效地利用这种反应的诗人，他会恰当地分析，合理地选择身体变化带来的种种象征性意义，从而写出生动的诗篇。这种时候，加上对社会的认识积聚的经验，写作会呈现出另一类复杂性。这时候的复杂性，在最佳的情况下，会让我们看到一种明晰、透彻和直接。就我个人而言，它同时是一个不断分析的过程，也让我在理解一些前代诗人与同代诗人时，有了清晰、明确的角度，让我能够一下子就看到他们写作的具体支点来自什么地方。

158

我之所以不愿意谈论诗人的社会责任之类的问题，是因为我一直觉得这类问题其实是一个立志写作的人根本就不需要去纠缠的问题。诗歌写什么，怎样才能使其具有真正的价值，这一点从古至今的诗歌史已经为我们提供了无数范例。就像我们谈论屈原，谈论杜甫，谈论古今中外的任何一位伟大诗人，对他们之所以伟大其实是心知肚明的。而如果我们还想自己亦写出具有伟大品质的诗歌，对诗歌之所以成为诗歌的那些基本要素，应该说不用想也应该有所认识。不然的话还写什么写，写来干什么呢？当然，由于身处的时代不同，社会生活呈现出来的具体样态也会有具体差异，语言的进化与发展也需要我们对之做出有效的分析。但这一切都是作为一种诗歌的技术性问题在写作之前就存在在那里的，我们要做的工作无非是在这种对具体性问题的解决过程中，将之纳入基本的、对世界的一致性认识的框架中，并通过自己的努力将之明晰化，或者将之向更深入的方向推进，并由此使其以一种符合时代规范的方式呈现出来。情况非常明显，如果一个诗人的写作连这些都做不好，写作的意义根本就不会呈现。而没有这些基本属性的写作，如果还在被人们称作写作，在我看来其实是对写作的误会。所以当我看到有人大力强调这些问题时，总是觉得这样说话的人有一种傻而自以为是的无知，总是会想，难道他们连这种写作的前提性问题都没有搞懂吗？真是让人不得不悲哀。

159

对诗歌是否伟大的认识必须是来自对写作的两个方面的认定，一是语言形式，二是所谈论主题。从古至今，对这些问题的认识一直是人们打笔墨官司的重点。不过不管笔墨官司打成了什么样子，今天我们在谈论谁是伟大诗人时，基本上还是从这两个方面考察。到现在，我其实已经有些厌倦谈这些问题了。一首伟大的诗歌能够分解了谈论吗？譬如说屈原的《天问》《九歌》这样的作品，再譬如杜甫的《秋兴八首》和李白的《将进酒》《蜀道难》，我相信在这些诗中语言的力量与想象力带来的意义的力量是浑然成为一体的，我们不可能将它们分解了只谈某种元素在诗中的意义。如果真是那样，我们要么是进入了语义学的考察，要么是在意识形态的意义上对诗歌做出判定。很显然，这样的工作是不可能确定一首诗的价值的。另外一点，甚至一些诗外因素也会加入诗歌的评价之中，很多时候在我们这里诗人的身份亦被加入对诗歌的评价中。有很多诗人，如果剔除了他们的身份、生活处境以及诗歌写作的具体时间与地点，其作品的意义便会崩坍。想一想其实是很可怕的事情。

每一时代都有对自己的才能信心满满的诗人。这些诗人有的最后成了他生活的时代，甚至是超越了他的时代的伟大人物，但有的人则最终没有越过死亡带来的生命的停止，他们的名声总是随着死亡戛然而止。所以，当我看到今天仍然有不少诗人啸啸于自己“厉害”时，不免觉得也许他们中的一些的确是真的厉害，他们写下的东西或许真的会成为这个时代留给后世的财富。当然也有的诗人则可能是自我感觉过于良好了。说起来这其实是特别有趣的事情，以至我总是用欣赏的态度看待人们谈论这类问题。不过，我其实更关注那些对自己所做事情惶恐不安，总是拿不准它们是否有意思的诗人。我看到这样的诗人总是在干活时小心谨慎，不敢有些许骄傲。而正因为如此，他们做的每一件事情才让人觉得有了可靠的质地。它说明了什么呢？我觉得大概是因为就人类的心智而言，个体的能力总是有限的，纵然一个诗人是天才，也不可能什么都把握得住，他要面对的是整个人类历史上的伟大诗人，同时还必须面对自己所处时代的众多同行。在这样的情况下，个体总是显得单薄而不足以对抗全体。所以我认为那些保持了惶恐不安情绪，在写作小心谨慎，每一步都走得如履薄冰的诗人，应该是对写作的困难有明晰认识的诗人。就个人的心性来说，我更喜欢这样的诗人。在我看来，低调，一方面可能与一个写作者的性格有关，另一方面则可能说明，它是一种认识的产物。在面对历史和现实的双重伟大时，个体并非那么值得谈论。

160

关于诗歌是否押韵一事，很多年前我就有明晰的认识，也考察过一些说自己的诗一直押韵的诗人的作品，结果发现，当代诗的构成中押韵的确是可能的。但是，它是一件十分复杂的技术活。多数情况下那些说自己的诗押韵了的诗人，不过是在写作时对韵做了一般化的，甚至是十分简单的处理。譬如一位现在名声已经很大的诗人，很多人都认为他的诗在韵律的处理上是有独到处的，结果我发现他的诗基本上押的都是一个韵，即 a 韵，也就是由 a 开头的，诸如 a、an、ang，这样的开口韵。这一韵的声音属于比较响亮的类型。所以他的诗让一般读者觉得有一定气势。但是，说实话他的诗是我不太喜欢的类型。每一次阅读都让我觉得太流畅了，流畅得缺少现代诗必要的复杂和停滞。可以说他是为了押韵而押韵，并因此牺牲掉了诗的准确性。实质上，正是在对韵做了一定程度的研究后，我觉得当代诗的成立，与韵的关系并非那么关键，有没有都无所谓。所以在后来的写作中，我基本上属于不去考虑韵律的写作者了。当然，不考虑韵律，并非说我对诗之为诗在音乐性上的要求不关心。相反，我亦仔细想过用什么方法保证音乐性在诗中的存在。我的结论是，根据汉语的音韵特点，当代诗的构成应该在节奏上注意把握。也就是说，通过对语言四声的运用，使诗获得一种尽量能够在声音上抑扬顿挫、起伏变化的效果。我觉得这样的效果一旦获得，诗之为诗自然会出现一种属于声音的属性。在这一点上如果做得好了，反而更能够因为个人对语言的理解，个人在谋取诗歌时的由语言习惯、专有的气息带来的语言节奏感，使诗歌获得属于自己的风格特征。因而，在我看来，节奏是更重要的。

161

威廉斯在艾略特的《荒原》一诗发表后，曾经说过艾略特让英语诗歌的发展倒退了二十年。二十世纪八十年代我在读到这样的言论时被吓了一跳。当时的想法是有那么严重吗？也曾怀疑事实可能真是如此，毕竟艾略特的这首诗在人的认知能力的要求上设置了障碍，并非一般读者能够轻易读懂。但今天我的看法是威廉斯言重了。相反，恰恰是艾略特这类诗歌的出现，激发了人们写出更具有阅读挑战性的诗歌的雄心，由此我们才看到二十世纪以降直到今天，诗歌在形式的变化上出现的多重性以及复杂性。人们说现代主义带来了诗歌领域对技术性问题的认知性改变，使得写作变为更具有语言挑战性的工作。我觉得从这一点上说，艾略特所做的工作是很有意思的。追根溯源，如果没有艾略特与庞德这样的诗人，现代诗哪里会有今天这样的面貌呢？其他的不说，一个最需要人认识到的问题是，正是在艾略特之后，语言复杂性对于诗歌的新意义才被不断思考。到了今天我们才会看到包括中国当代诗的写作，才会出现真正的革命性变化。我一直是这一变化的坚定拥护者。我觉得它解决的是人面对语言时如何处理复杂性的问题。而这一点是与当代生活的发展，世界向我们呈现的复杂性一致的。

162

我现在不太敢谈论“词之死亡”这样高端的话题。原因在于不管是某些被人指控的“假词”“旧词”，还是被人称为用俗用滥了的“熟词”，在我今天的认识里，它们仍然是我们语言系统中存在的部分。它们所能够生成的语言意义，仍然在很多情况下我们是绕不过去的。作为一个写作者，我们必须把平等、活力、自由，看作每一个存在之词之所以存在的理由和内在的质量。它们都处在共同的语言存在的相等高地上，不应该，也不可能成为语言等级制的被评判对象。而关键的是，在面对它们时，我们必须以什么样的认识去理解它们，并让其服务于我们自身生成的、符合现代性立场的文本建造。在这一点上，我仍然相信的是来自诗歌写作者的洞察力和对词性的敏感能力。在一定程度上，我认为洞察力和词性的敏感能力带来的是技艺性地给予词以崭新的位置。在语言的生成法则里，我只相信关系。我坚信，是词与词的关系决定了词的命运……

163

放弃对普遍赞赏的期待——我将之看作走向更深入写作的第一步。这也是说，最高原则意义上的写作，从绝对的价值观来看，其实是拒绝普遍阅读的。它只把写作指向对人类意识的奥秘的探察。这就犹如登山一样，像珠穆朗玛这样的山峰，真正能够登临它的人，永远只是少之又少的少数。从这一点来说，如果你把诗写成了香山，或者莲花山，成日万千人登临，热闹是热闹，但无趣是肯定的。

164

有人谈到没有安史之乱，杜甫最多就是一个二流诗人。这样的说法初看起来好像有一点道理，但仔细想想似乎又不是那么一回事。历史的假设很多时候具有想当然的色彩，想多了总不免得出一些表面上看有点意思，但其实自以为是的说法。不要说没有安史之乱，杜甫不会是今天我们看到的杜甫，没有安史之乱，中国还不会是现在的中国了呢。所以，很多时候历史不能假设，尤其是面对已经成为伟大事实的历史人物，而是应该想想为什么同是历史过程中的人物，有人成就了伟大，有人却仍然什么也没有获得（这一点李白的诗歌存在可以旁证一下）。原因在于假设是太容易的事情。譬如我们还可以说，如果没有楚国的消亡，就不会有屈原的伟大；没有南宋的偏安，也不会有辛弃疾那些壮怀激烈的伟大辞章呢！但这有什么意思？楚国的确消亡了，屈原也的确是中国历史上最伟大的诗人之一。人都是在历史的发生中认识和看待自己与世界的关系的。人不可能身处在没有发生的事件中。而就是身处在已经发生的现实中，具体的应对不同，最终造就的人生亦会不同。杜甫成为伟大的诗人，有安史之乱的原因，当然更重要的是他在应对这一混乱的过程中所保持住的对诗歌的信任。在这一点上，我们看到的“语不惊人死不休”所起到的作用是重要的。

165

这些年我这一代诗人中的一些人，开始重新谈论传统与自身写作的关系。这一情况的出现并不是人到了晚年开始怀旧，而是写作经验的增长，让人意识到自己使用的语言的文化基因实际上与传统存在着不可分割的关系。而重新认识自己在这一关系中所具有的优劣态势，以及一直以来以为通过反叛可以消解掉文化传统中糟粕的部分但最终又发现几乎是不可能的事这一结果带来的再次分辨，将对写作本身产生影响。可以这样说吧，当这些问题得到了厘清，写作的方向感会更加明晰。

166

文学交流中有没有对等原则在发生作用？在我看来应该是存在着的。就像我们哪怕在一般的社会交往中，大多数时间都是在与自己的阶级地位大体相同的人打交道。原因不在别的，而是在交往中彼此共同的话题能够引起共鸣的地方多一些。文学交流过程中的情况实际上与社会交往的其他领域是一样的，认识大体相同的彼此，在对话中容易一些。因此，不管是在国际文学交流活动中，还是日常中与身边的人进行文学交往，要想得到回应，当然最可能的情况是，碰上能够对等交流的对象。在这一点上，如果不能实现，在我看来基本上是没有交流可能性的。因此，在文明系统不一致的情况下，过分强调交流的必要性，有时候只能被看作是一厢情愿的事情。这实际上也说明了为什么在世界范围内，中国当代诗人很难被确认为优秀诗人的原因。对此，耿耿于怀其实是没有必要的。过多地谈论这样的问题，只会被看作自卑带来了心理的扭曲。

167

江南文化的全部精华与糟糕的东西，在苏州园林中都能找到。由此也可以看到为什么会出现像《世说新语》所记载的那些文人雅事，以及由南宋诗人写出的绮丽、秾艳、哀婉、颓废的词。只是如果今天的诗人要写出与之契合的诗篇，首先要做到的是，尽量消解工业化带来的影响。这一影响不仅是生活方式的，还有对事物认识方法的改变。如果没有做到这一点，将很难让人看到写出的东西生发出传统的江南意韵。当然，不写出也没有关系。一个时代有一个的意蕴。我比较反对那种非要把自己与传统生硬地缝合在一起的行为。我觉得，需要寻找的是，就江南的传统而言，有什么是和今天的生活一致的东西。如果有谁能够找到这种一致，并有效地将之与自己的写作衔接在一起，从而让人感到与时代所渗溢出的精神相吻合，只有这样，谈江南的传统才会有正当的资本。

168

有人这些年一直萦萦于心地谈论中国当代诗歌在国际上的地位问题。其实就交流而言，他已经是中国当代诗人出现在国际诗歌活动现场最多的了。为什么他仍然反复谈论这一问题呢？有时候让人不禁想到，他是不是越是参加这类活动，越是发现交流的认同并不存在。这里面涉及的问题可能非常复杂。我个人认为，关心一下这类问题可以，但没有必要总是谈论。而且更没有必要的是，因为自己参加的活动多了，就觉得对外国诗歌的状况比其他人更有发言权。其实就写作本身而言，一个精通汉语的土包子，或者说一个精通汉语、对现实中国发生的一切进行了更深入思考的土包子，可能对汉语写作本身是更有意义的事情。毕竟，如果不把注意力放在自身写作的汉语与语言环境上，成天去琢磨与其他语言的关系是否有意思，写作出现问题的可能性会很大的。当然，从好的方面想，也不排除由此获得另外的诗歌的异质性进入……

169

诗歌必须是思辨后的产品，这一点应该是没有疑义的。只是我们必须搞清楚这一思辨包含的内容。在我看来，它既是对人生处境的认识，也是对语言意义的认识。更进一步说，人生处境包括了个人处境与国家处境，语言意义亦包括了语言现实和语言历史。我不太相信没有把这些问题搞清楚的人写出的作品。因为只有搞清楚的人才会对自己的写作有明确的定位，从而在方向上指向清晰。而在写作中，自我定位其实是非常重要的第一步。一个连定位都没有搞清楚的人，我们能指望他写出什么有意思的作品呢。

170

粗鄙与优雅在作品中的量化，其实是属于勘探学、控制学和统计学的事情。这一点二十世纪做得恰到好处的作家应该是乔伊斯。正是他巧妙地处理，使《尤利西斯》成为一部混合性的文学经典。阅读这样的书，有时候我们会发现它具有古希腊、罗马文体的庄严，有时候又呈现出市井俚语的粗俗。正是这两种，或许还有更多种文体的综合，构成了《尤利西斯》堪称伟大的庞杂。实际上，二十世纪以降，伟大的文学作品都体现了这种“杂于一”的抱负。像艾略特的《荒原》，庞德的《诗章》都是如此。由此我们必须意识到的是，从此以后，文体在实质上发生了认识论意义上的转换。审美，变成了更为复杂的，对什么是文体之美的辨识与确认。从这一点来说，这一文学新方法对写作能力的要求更高了，它要求写作必须具备综合修养，而非仅仅了解一点如何写诗的技艺。同时它对阅读能力的要求也更高了，甚至可以被称之为是拒斥性的。它带来的具有接受学意义的结果是对读者进行严格的选择，而非读者可以想当然地选择对它的阅读。

171

我反对这样一些写作：当他们用诗歌谈论一段历史，谈论一幅画，谈论一个人时，变成了对这些对象的文字说明。尽管在这样的说明中掺进了一些感想似的对对象的认识，但都是基于对象，并在对象笼罩的意义范围内去做出的理解性解释。在我看来，哪怕这样的工作做得再细致、再精确，体现出来的仍不过是写作者的单纯的修养（有时候可能是卖弄，卖弄自己的阅读能力和文史知识）。所以很多时候，这样的谈论恰恰暴露出来的是写作者自我炫耀的心理。就个人对写作意义的认识而言，我是永远不会去写这类文字的，也不觉得阅读者能够真正地对这样的文字感兴趣。

172

有时候，我们读到一些诗时，会明显感到这些诗在写作时，作者是有确定的针对对象的。而且这种对象的设定，不是像古代有的诗那样，以“和诗”为目的，而是存在着“叫劲”心理。而由于有“叫劲”心理，有些诗让人感觉到其中的戾气。对此我有些不以为然。当然，我也看到在处理得体的情况下，“叫劲”也能生产出非常有趣的作品。这里问题就来了，“叫劲”并不是不可以，但怎么设计“叫劲”，以什么样的态度“叫劲”，“叫劲”是为了什么，便成为写这类诗必须考虑清楚的事情。我个人以为，最好的“叫劲”应该是这样的，即在技艺的意义上为自己设定一个比较的对象，通过写作来落实比较。总之用一句话来说就是，从技艺的层面上与高手的“叫劲”，能够为写作带来具有进取意义的品质。

173

在我这里，诗歌实际上是一种拒绝。

174

从认识论与方法论的角度对当代诗人进行全方位的分析批评，最终从根子上找到一个诗人写作的观念性支撑，以及对由此带来的诗歌文本细致的解析，这些年一直是我希望看到的中国诗歌批评家的工作。遗憾的是，虽然有人这样做了，但得到的收获并不能满足我的好奇心。相反，我读到的大多数文章仅仅具有阅读感受的水平。在这里，我并非对批评家们瞧不起，而是感觉他们的批评初衷不明确，或者说有一些一开始方法就错了。他们总是希望对诗人保持一点善意，因此写文章时基本上采取的是就着诗人的作品发言，努力去寻找其中的闪光点，并尽量努力寻找到可以赞美的地方。我不确定这种善心能不能被作为批评对象的诗人体会到，但造成的效果却是使得一些诗人被这类文章搞晕了头，以为自己的作品真如批评家说的那么有趣。我觉得，这其实是害了写诗的人。因为尽管中国当代诗人中最好的那部分人，的确清楚自己的写作是基于什么样的诗歌观念发展的，也知道自己写作的方向性建立在怎样的观念基点上，在写作中也努力并有效地执行着自己的想法；但有很大一部分诗的写作者的写作并非建立在自觉与自省的基础上，写也仅仅靠着一时的任性和所谓的灵感。在这样的情况下，不少人需要的是有批评家帮助他们有效地分析自身写作的点点滴滴。只有这样批评才会变成帮助，不然的话真是有害无益。

175

我们必须相信语言的发展有其内在的逻辑。同时我们也应该相信每一种诗体的诞生都有自身的理由。这一理由与社会进程，人类对自身语言表达能力和方式的认识，以及语言与人类情感的关系的认识是连在一起的。当然，也许更重要的是很多诗体的诞生，实际上是与写作者身处的社会情势相关的，是在社会情势的催动下产生的。譬如二十世纪九十年代，如果没有当时的社会状况带来的诗人对自身处境的理解，可能诗歌的“叙事性”“及物性”“个人写作”，就不会成为问题促进中国当代诗人深入地去思考。也不会有重心放在对周遭环境带来的个人处境、生存现状的描写的写作变化。所以，任何事情的产生都不是简单的。辩证地看待当代诗歌的变化，是我们始终应该坚持的原则。譬如到了今天，对传统的再次关注，如果仅仅将之看作一种基于个人的文学认识带来的举动，肯定是把问题简单化了。

176

诗歌既是孤独的产物，也可以说是友谊的产物。孤独能带来意识的深入，认识问题时的丰满；而友谊则能带来语言的温馨。这一点历史给了我们很多例证。譬如说没有“西邸八友”,就可能没有对“四韵八声”的讨论，没有“江西诗派”，也就可能没有宋代众多诗人具有方向性的写作。这里面其实让人明确了这样一种事实：在某种特定的历史环境中，诗歌既需要个人的放弃，也需要集体的参与，而怎么选择是需要依历史的情势而做出的。当然，也可能就天才而言，孤独与友谊都不是问题。他们的写作只依据在命运的景况中做出的自我选择，一切均来自独立的个人判断，从而使他们的写作呈现出超越性的表现。不过，有一点比较清楚的是，处在孤独中的诗人，大多数是强力诗人，也可以看到他们属于更牛的诗人，而在友谊之中发展诗歌写作的诗人，团体的意义基本上大于个体。

177

必须承认有些作品的个别性是与写作者个人生活经验，尤其是特殊的处境相关的。这里面涉及这样一个问题：到底是经验本身给予了写作者写作的特殊性，还是由才华带来了对这种特殊性的理解。我个人的认识是，经验的重要性是明确的。这一点可以举策兰为例。在我看来如果没有二战带来的精神创伤，尤其是父母死亡带来的精神创伤，策兰肯定难以写出像《死亡赋格》这样的作品。至于后来我们看到的，他诗歌语言中的变形、尖锐、题材的碎片化，都应该与他的经验相关。有时候我们反复强调形式的生成具有的文体学意味，但在某些情况下，文体的生成可能并非由对文体的寻找而获得的，它仅仅是一种经验后的不自觉成形。在这种时候，我们看到的恰恰是经验的直接性带来了文体的变革。

178

生活中，我们大体上能够从一个人面对出现在眼前的事件时的发言，判断出他到底是什么样的人。这一点其实用在一个人对于诗歌作品的态度时也是适用的。原因不在别的，阅读从来不是一种单纯的，仅基于感受力的事情，而是对阅读者的知识储备、文学修养、审美能力的全面检查。这里面存在着的种种细致的要求，最终会决定一个人在具体的诗歌作品面前的态度。所以很多时候在我看来，阅读并非是一种对于外在事物的认识，而是对于自我的检视，这里面有一个我称之为“对应”的原则在发生作用，即阅读在很多时候实际上是一种对阅读者的检验，检验阅读者的理解力处在什么样的层级上。基于此，如果我们看到有人将一首很差的诗说成了不起的作品或者把一首了不起的诗说成差诗时，那么可以就此肯定地说，这个人缺少诗歌阅读的基本能力，也缺少阅读训练。当然，也许情况有例外，有时候建立在固执的诗学认知上的阅读，也会出现指鹿为马的情况。这种事，在当代诗歌的阅读中并不少见。

179

就诗歌阅读的性别而言，似乎女性读者要多一些，这点从参加诗歌活动的性别比例就可以看出来。但实际上对作品判断产生影响的则大多数是男性。这说起来是一个非常值得研究的现象。一般情况下，人们认为女性读者更感性一些，她们对作品好坏的判断更多地基于作品对情感的涉及程度，或者说作品所表现的情感的浓淡程度，而不太在乎一首诗在所谓的艺术性上到底获得了什么样的表现。这样一来，尽管一些作品实际从质量上讲，并不是上乘的，但是可能获得更多的青睐。这种现象虽然并不能影响诗歌史的确定，但会造成一些写作者的自我判断失误，好像他们的作品由于读者群的人数多，就天然地成了好作品。不过，如果我们强调真正的阅读来自那些更加理智的男性读者，肯定会被认为是“政治不正确”的，会遭到来自女性的批评。但事实是，在多数情况下我们看到的，关于作品批评的更有力的意见是来自于男性的（当然不是说没有女性）。在这种情况下，有必要思考的是，在同样被称为阅读的情况下，不同性别的读者到底在读什么呢？或者说，如果阅读不被更为感性地表现出来，又是什么样的东西在支配着它呢？这里面耐人寻味的东西似乎很多。值得我们思考一番。

180

怎样才是真诚，以及对什么真诚，或者更进一步说如何才是写作的真诚，不同的人，得到的结论可能会不一样。而我更想谈论的是，对于诗歌写作而言，真诚是一个复杂的问题，一方面我们不能单纯地将其道德化，另一方面也不能仅将之技术性地看待。也就是说，真诚，在诗歌写作中必须复合性地去认识它。所以我想强调，如果将诗的构成看作一种艺术性的存在，对真诚的认识必然要求我们不将之看作对诸如人性、环境的“政治正确”的简单理解，而是应该在此基础上更深入地看到，谈论诗歌的真诚，应该将之与诗歌本身要求的语言关系、语言创新性等因素联系起来。这里面当然包括了如何对待诗歌叙述、语言结构、外在形式、内在节奏等问题，甚至包括了意象生成、意象选择这些基本问题。我们应该清楚的是，这些因素在诗歌中的出现，并非单纯的技术性选择，而是基于我们对诗歌构成方法合理性的综合理解。从这样的角度看待问题我们会发现，真正使一首诗最终成为一首诗并具有有效性的，绝不仅仅在于写作者在世俗道德意味上的“政治正确”，而是在其能否通过符合诗歌内在构成原则的书写，使人们看到一首诗内在机理的合规性。如果没有这一点，再“政治正确”也没有用。这里面，作为一首诗成立的要素，我们需要看到诗之成为诗，是由写作者对诗歌到底是什么的理解来完成的。这里面无可辩驳的重要因素是对诗是什么、由什么构成的清晰认识。所以，我对那些单纯地谈论诗歌的真诚问题的言论没有一点兴趣，并且觉得它们很容易把诗歌以外的道德判断带到对诗歌的评判中，从而片面地对一首诗是否优劣做出不恰当的评价。

181

对一个诗人生前被漠视，或者说不那么被重视，待到其去世后，其同代人又一窝蜂地冲上去，用尽溢美之词夸张地谈论，是我们这些年看得多了的现象。这是由所谓的“盖棺定论”的中国式对人做结论的传统思想作为支撑而产生的独特现象吗？很值得玩味。当然，说玩味可能不那么严肃，所以我们可不可以说这是与传统的中国文化对人的认识相关的，一种带有道德论性质的现象呢？即在这样的时候，人们希望做一些弥补性工作，弥补死者生前没有被充分认识的遗憾。只是或许这种带有弥补性质的做法，让我们看到客观尺度并没有在随之而至的谈论中体现出来，而是被“为尊者忌”左右了大多数谈论者，结果给人一种矫枉过正的感觉。由此甚至还生成出这样一种情况，如果有谁在这时对此种现象提出批评，很可能会遭到普遍的攻击。再有一种则是在谈论中出现攀附现象，假借谈论死者而讲述自己与死者生前的关系，并推出死者对自己的评价。由于这些已经无法确证，从而只能任由谈论者说得天花乱坠。

182

有时我觉得，形容词真是语言中最无耻的类别。原因在于，但凡它出现的地方，尤其是过去的史书对人事谈论时，基本都是夸夸其谈，说好时，星云灿烂，光被万丈，说坏时，黯然阴昏，如同狗屎。不过，就语言本身的气势而言，如果心情平静，史书谈论人读来还是蛮有趣的，那真是音韵铿锵，起伏有致，如锣鼓磬击。

183

写作的个人性会带来对语言的另一种理解，其所触动的亦将是对语言可能性更有趣的发现。或者进一步说，当我们在写作的过程中保证了写作的个人性，在面对意义的处理时就会不拘一格而自由得多，不再对某些被人认为是神圣律令的东西产生畏惧之心，反而会以轻松的认知看待其中可能存在的机械、僵化、教条的成分，并以自己的认识在写作中消解它，从而获得真正具有独立意味的个人识见。正是因为此，在目前的阶段我再次确认了独立认知对于写出有鲜明个人色彩的诗歌的重要性。我认为，这里面包含的是一个人的世界观、人生观、文学观和对诗歌功能的理解，也就是说，它能保证我们写出的作品在形式和意义上不与别人雷同，有高度的可辨识性，成为相对于众人的个体的绝对之诗。当然，我希望人们不会因此误解，认为我这样谈论写作，是将写作置于绝对主义的位置上，即它不再对我们生存的这个社会负有责任。当然不是这样。社会的责任总是存在的，它来自语言本身的历史，以及作为被共同使用的符号必然带有的社会属性。只是我们必须清楚的是，如果没有在写作中加入作为独立个体的经验，没有在写作中呈现出我们作为个体的独立的语言认识，我们所做的工作最多能被认为只是复写了历史和社会已经存在的那些被置于平均线上的公共经验，从而成为无法分辨的声音。对于我这当然是毫无价值的，原因在于它会使写作失去本质性的意义。所以，归结到一句话上：将追求本质性看作写作的意图，应该被看作我对自己的写作的唯一要求。

184

亲历与旁观在人的意识上带来的感受是不能同日而语的。在我的理解中，旁观始终存在着看热闹的成分。

所以，如果我们要写旁观之诗，必须清楚地认识到这一点。当然，有人会说旁观会带来理性，可以更冷静地分析、判断，做出结论。这种说法或许会有一些道理，但是旁观者的发言在我看来更容易得出皮毛之论，因为它很难从感受的角度深入到事物的内部，从而真正获得有效的认识，也很难就此做出切实有效的分析，并最终得到结论。所以在一般的情况下，我都告诫自己应该尽量不要站在旁观者的立场谈论问题。我因此也对某些振振有词地强调自己旁观者身份，但又大谈而谈的人存有警惕之心，我觉得这种情况可能是由几种心理造成的：一、不甘寂寞；二、对自己太过于有信心；三，目的性太强。所以，如果我发现了有人这样，基本是鄙视的。不管其为自己找到的说辞多么冠冕堂皇，我都不会相信。落实到诗歌中，我认为大多数以旁观者视角写出的作品，最多能做到的隔靴搔痒，不可能生产出让人震颤的诗歌价值。

185

诗歌技艺虽然可以被当作一种关于写作的构成方法来谈论，但是，其实质在我看来则是与人对诗歌的本质性认识相关。近来，我更相信的是对于诗歌而言，技艺的生成具有隐性的特性，即技艺从来不是简单地与写作的语言支配、意象使用联系在一起的，它更重要的生成原则应该是对写作者的洞察力的全面要求。所以在谈论技艺问题时我更愿意相信，只有在真正理解了自己所写的是什么东西的情况下，技艺的获得才会顺理成章地呈现出来。也就是说，归根结底，技艺并非来自技艺本身的使用，而是来自对技艺是什么的认识。由此落实到对具体诗作的认识上，如果我们认为一首诗的技艺呈现出高超的特性，肯定不是写作者如何安排了词语，而应该是在一首完整的诗作中，写作者如何使每一个词都处在合理的位置上，都在诗意的构成上具有非此不可的效果。在这里，我觉得必须谈论的是“无可替代”这样的语言原则。如果我们阅读一首诗，认为它的每一个词都处在这样的原则下，那么可以说这样的诗是有技艺的。原因在于，它体现的是写作者在语言使用的过程中掌握了词的意义。或许还由于这种掌握，使之在具体的诗中呈现出其词性的最佳效果。

186

不断有人谈及中国诗的精神，但什么是诗的精神大多数说辞又语焉不详。其实只要深究，哪怕从屈原起始谈论，我觉得应该谈论的就只有一个东西——诗怎样与世界建立有效的对话关系。这一点，不管以谁为谈论的标本，抛开表面上的那些由具体诗作带来的不同，恐怕只有一个核心是可以被确定的——对人世的关怀带来的对人与世界关系的解释。这些解释，一方面体现在对生命的认识上，另一方面也体现在对身处环境的认识上。由此我们可以看到，有史以来，不管是以儒家思想作为内核指导的写作，还是以道家人生认识作为坐标从事的写作，最后呈现出来的作品，无一例外地带有这样的探究色彩。也就是说，如果我们希望理解中国诗到底具有什么样的精神，得到的结论恐怕都是——中国诗人一直所做的不懈努力，不过是试图使自己更清楚地看到，我们与身处的世界到底是一种什么样的关系。这其中产生的那些与批判有关、与赞美有关的种种具体的结论，说到底，都不过是这一努力的结果。由此我想说的是，到了今天，尽管语言使用的外在形式发生了很大改变，作为写作者，我们要完成的仍然是这样的工作。而且，由于当代生活在工业文明的巨大压迫下呈现出更加复杂的图景，如何更深入地理解人与世界的关系已经变成更为尖锐的、关系到人自身的生死存亡的急迫大事。所以，怎样智慧地寻找到有效答案，其实成为考验当代写作者的具有现实意味的难题。这样一来如何写作怎么写作写什么，就成为我们仍然必须解决的问题。落实到我本人，这些年来我希望自己的写作能够体现的没有别的东西，只有一点，它是否能够从精神的角度呈现出在理解当代生活，不管是在技艺上的还是精神上的与世界有效的沟通。

187

文学史上有不少诗人，人们谈到他们的人品时，会给予一番指责。这种现象是一件很让人感慨的事。像谢灵运，这位被称为“山水诗之父”的伟大诗人，唐李延寿在其所著《南史》中说“灵运才名，江左独振，而猖獗不已，自致覆亡”。竟对门生亦痛下杀手。沈约在《梁书》中也提到其在永嘉任太守时，对百姓的强取豪夺，只为那片湖水的风景甚佳。还有我非常喜爱的南宋诗人辛弃疾，也有人说他嗜杀、贪财、好色。虽然他的嗜杀是面对敌虏，还有可说之处，但贪财、好色方面，广置房地产，娶妻、妾十几人，则让人只能嘿嘿嘀嘀了。再者像李商隐，背叛了对之有恩的教师，娶了党争对手的女儿，在私德上始终被人诟病。而在当代的诗人中，则有顾城杀妻。如果看这些诗人现实生活中的表现，的确都有可以非议之处。只是这些人的文学成就虽然会让很多人因作者的个人私事而不喜欢，但又是大家否定不了的。这让我想到布罗茨基在有人向他谈起弗洛斯特，说弗氏人品不好时的回答，布罗茨基说他并不关心那些东西，因为他看到的只是诗的好坏。从这个角度来看问题，我们当然会理解为什么谢灵运、辛弃疾、李商隐到今天仍然是汉语中伟大的诗人。那些在一个人活着时的种种劣迹，与留下的诗歌是两回事。就我个人而言，很讨厌一个人品性不好，但也的确不影响我对其文学成就的赞美。

188

当代诗的文本细读是一件很复杂的事情。不说细读者的能力如何，也不说细读者的学养如何，只从写作者的角度看，在文字的使用上依赖历史语义带来的意义制造歧义，或者从词源学的角度修改词义的走向，这是必须要做的工作。为此，细读者想要真正了解这其中隐匿的，很可能是语言歧义的秘密，其实是需要费大功夫才能大体上有所把握的。所以任何细读文章，哪怕是像布鲁克斯这样的，被称为“新批评”干将的批评家写出的细读文章，也很难不被人非议。由此造成的结果是，批评者如果硬要辩解，说自己的解读最正确，可能不少写作者都能表达出对其细读的不满，并当然地认为自己对词的使用所具备的历史意味，是深意广泛的。这些来自于作者的辩解，从障碍的意义上对细读发起了抵抗。在这一点上，乔伊斯可以成为典型的例证，他对阅读做的障碍性设计，已经是世所周知的。而我想说的一个问题是，写作者如何知道自己对每一个词的使用都不单给予了其历史意含，也在创造的意义上发现了新意？对于此，的确需要写作者完成自身的词源学考虑。同时，如果对没有这些考虑的作品提纲挈领进行生硬地解释，最终得到的结果只能让人一笑。问题是现在这样的事情好像太多了。

189

要求诗提供思想，可能是正确的，也可能并不正确。不过从历史上看，诗歌在最初所具有的启蒙作用是明确的，不然它不会跻身于“经”的行列，也不会引起后世那么多人以注经的方式，写出他们有独立感悟的文字。虽然在很多感悟文字中，不乏望文生义、牵强附会、夸张攀缘的东西，然而，诗终究不是哲学、伦理学那样的直接讨论人对世界认识和与世界关系的精神生活产品。

因此，不将着力点放在专注于思想的形成，对于诗人来说也不是什么政治不正确的事情。或者从另一个角度看问题，我们仍然可以认为，关注于语言、形式、构成方法的诗，并非不是一种思想的呈现，不是一种世界观。在这里，一种对形式的要求，仍然可以被看作对世界秩序的要求。也就是说，诗的秩序，其内在隐含着的本身就是一种对人与世界关系的认识。或者说，只有建立了真正地对语言秩序的理解，人们才会由此完成对世界的表达。

190

微信提供的便利之一是，我们会通过观看一些人对什么样的东西感兴趣，发现其写作在某一时段受到什么东西的影响。所以我其实是把看微信当作了认识一些人的工具。诗歌，说到底是一个人认识能力，以及一个人趣味的呈现。所以，我的确不相信一个成天在微信中谈论八卦，成天在微信上让人看到其阅读甄别能力低下的人的作品，可能写出什么有趣的诗。当然，微信也让我看到，在诗歌的认识上太多“假老练”了。说到底，对诗的理解，一方面来自人的修养，另一方面来自一个人天生的语言感知力。尤其在后一方面，因为包含了人对语言在音素、意义方面的领悟能力，甚至包含了一个人对词进入句子后与其他词的融合程度的理解能力，所以，读一个人的诗，我总是把这些因素考虑进去的。还要说一点的是，微信也能让人看到一个人的品性，因为在这里有对权威的阿谀奉承，以及对权力的献媚。

191

什么是文学遗产，怎样的东西能够被称为文学遗产？这是我们必须搞清楚的问题。我个人认为文学遗产应该具有这样的特质——能够对我们的写作提供直接的帮助。从这一点来看，并非所有历史中留下来的东西，都可以被称为文学遗产。或者这样说吧，文学遗产在面对个人时，其选择性的存在是确切的。但这并不是说在对待文学遗产这样的问题时，我们采取了实用主义的态度，而是在有用与无用之间，的确存在着一个认识问题。或许有人会说，对某些历史上留下来的东西的批判，也是一种用。这当然没有错。只是我觉得如果留下来的东西能够以启发性的方式在我们对之的学习中出现，那么似乎更为有趣一些。这就像某些物体的再生一样。如果文学遗产具备再生能力，能够让我们从中看到新作品产生的酵母性的东西，那么这样的遗产应该是更有用的遗产。

192

有人说当代诗人总是刻意回避政治话题，不愿意将自己的写作与政治发生关联。这种说法其实是不对的。就诗歌写作而言,进入到具体作品,一直存在着“隐政治”与“显政治”的不同。“显政治”的特点是直接面对政治说话，谈论政治性的话题，面对具体政治表态；而“隐政治”在诗歌中的存在，我将之看作是对基本政治伦理做出呈现，即在任何一个诗人的作品中，贯穿在其内里的，应该有一种与社会正义、道德有关的基本态度。实际上这是写作最根本性的要求，也可以被认为是诗歌成立的前提，而且，从另一个角度看这是回避不了的，因为语言在历史发展的清理下，已经携带了基本的、被分类的政治成分。而另一方面，当代生活的复杂性更是让人们的思想不得不围着政治转圈。要想在诗歌中回避政治，本身亦成了一种政治策略。

193

审视中国诗歌史，不用费力气就能看到，从屈原数起，政治其实始终贯穿在诗歌之中，一方面原因在于，中国古代诗人没有在官僚政治中担当过官员的几乎没有，即便像杜甫、孟浩然、李贺这样科举不第的诗人，也多多少少在官场里混过，所以，就此说中国古典诗歌是官僚政治文化的构成部分，也许不是全然说不过去。当然，由于其中的因缘太过复杂，说清楚并不是那么简单的事情。不过我个人觉得，很多时候，官场际遇，其中的升降沉浮，不能不左右着人的心情，不能不影响人对社会、人生的认识，甚至就此获得十分具体的看法，这些怎么也会在诗歌写作中得到直接或间接的反应。就像陶渊明这样的辞官不仕的诗人，好像写出了做一个逍遥民间的诗人的惬意自得，但仔细读读，仍然能感受到很多作品实际上不过是政治情怀的表白。而从这一点来看，中国古典诗歌与政治的关系恐怕是纠缠最深的了。

194

关于古诗与现代诗的分辨，作为一个问题我一直认为是不存在的，而谈论这些问题也基本上是在浪费精力。文学的发展，从根本上说受到社会发展的影响，或者说本身就是社会发展的组成部分。所以我们应该认识到的是，为什么到了今天，现代诗成为诗歌创作的主流形式，而古诗，尽管统计表明写的人仍然众多，但是没有也不可能成为文学史叙述的主要关注对象，这里面一定有非常具体而深入的原因。所以，我一般情况下对古诗与现代诗在今天的存在到底有什么不同不做发言，我觉得自己没有必要去谈论这种已经成为基本事实的问题。有什么好谈论的呢？在这一问题上，其实只要把握住一点就行了，我们必须相信，任何应运而生的东西，都必然有其内在的道理。这种道理，多半与社会的进步带来的文化发展存在深刻的关联。是的，在表现当代人对世界的认识方面，现代诗因其自由的、开放的形式，能够更好地呈现人们复杂的感受。

195

我们必须致力于的伟大工作，是尽力发掘自己身上有可能存在的、对人类精神性存在的理解，并就此趋近伟大本身。这就要求我们应该尽可能在面对我们生活的世界、社会、人以及我们自身时，深入地去挖掘、寻找、发现，并有所理解地认识其中的存在逻辑和每一个事件的后面所隐藏的问题，包括由这些问题带来的更多的问题。当然，在理解这些问题的过程中，找到解决的方法是重要的一步。所以，我对那些小打小闹、总是纠缠于事物表面的描述的诗歌没有兴趣。我觉得，它们能够呈现出来的完全不是人类的智慧，而仅仅是一种将人生理解成一种现象的肤浅的认识。它们总是在现象的表面玩弄自己的聪明。最后的结果，不过是一些情绪的发泄。这样的东西，在我看来是没有意义的。

196

有朋友问到当代诗的懂与不懂的问题。我说，什么叫懂呢，以及在哪种程度上的懂叫懂，字面意义，还是其他方面？在我看来，对于诗歌而言，每一个字，既是现实的，也是历史的，既可能是承载个人经验的，又可以是与制度的特殊性相关的。懂与不懂，从来都是与另外的东西联系在一起的。有时候看到有人谴责写作者，说有些写作者无非是要处处显示自己比读者聪明，写出的东西天旋地转，让人觉得云山雾罩。其实真不是比读者聪明的事，而是就专业性而言，写作者花费在语言认知上的时间要更多一些而已。另外，我觉得有一个例证可以说明问题，就像一个数学家谈论数学，他用的仍然是人人都认识的 1、2、3、4、5 这样的数字，但由这些数字排列出来的公式，却并非每一个人都能懂。而诗人追求语言存在的无限可能性，从某种意义上说，与数学家的工作性质是一样的。另外还有一点必须说明，写作对于写作者而言是对语言未知的探求。如果语言已经不存在未知，写作的挑战性也就没有意义。这也是我们今天仍旧能写出新的，与过去不一样的诗的原因。我们首先要理解的是写作对于写作者来说是属于什么性质的问题。正是在这样的前提下，我一直认为，只要是人写出的东西，就没有不能懂的。就像康德的哲学，读不懂的人太多了，但也有读得懂的。康德让那些多的人读不懂，他错了吗？肯定没有。还有就是像艾略特、庞德那样的诗人，也有很多人说读不懂，由此我们能说艾略特、庞德不好吗？为什么有人懂而有人不懂，都是可以谈论的话题。诗歌之所以是诗歌，在我看来就在于它不能被任何定义所定义，它必须是发展的。这一点中国诗歌一直在经历。就像现在仍然有很多人认为，古典诗才是诗而现代诗不是。现代诗当然是诗。这些都不是问题。读者反应在我看来只有一个基点，即任何阅读都是在自我经验之上展开的。只有我们承认个体经验的方向以及它的有限性，甚至个体经验的深入程度，才能平等地对待懂与不懂这样的问题。作者不是全能的，读者也应该承认自己不是全能的。现在的问题是，很多读者会认为自己是全能的。他们总是预先假设了自己是什么都能读懂的，因此当读不懂时他们首先想到的不是自己的问题，而是写作者的问题。不是说写作者已经没有问题。我只是想说阅读者并非天然地就有要求写作者一定要写得他能读懂的权力，就像写作者同样没有要求阅读者必须读他的权力一样。

197

我现在已经很少去考虑写诗时技术呈现在诗篇中的周详了。对那种按部就班的推进、转折、停顿没有一点兴趣。我需要的是兴之所至，随意拉伸，不管它前言搭不搭后语，也不管最终将呈现出怎样一种形式结构、音韵节奏以及意义的芜杂、繁复。这些年的写作，我也在实践这一点。从自由诗的角度来说，我觉得这样的写作带来了支配力的加强，也在诗的空间建构上，带来了更大的可能性。对于我来说，容量始终是我十分关心的诗歌问题之一。而这一点，我认为是简单的线性叙述无法完成的。虽然我也知道线性叙述的最大好处是让诗变得清晰、准确，或者说让人容易懂。但是，也必然地造成篇幅的加长，甚至很多时候让诗变得简单。对于这种所谓的清晰、准确、容易懂，我从一开始写作就不以为然。当代诗写作是在人的意识复杂性已经被充分认识，并在思想实践中广泛运用的情况下展开的。尤其是二十世纪以来科学对人思维能力的研究，已经让我们了解到思维方法的复杂性。在这样的情况下，寻求能够反映这种思维复杂性的写作，应该是我们必须做而且不能不做的事情。同时，我还有一种看法，觉得写诗更应该遵循的是我们作为个体的思维习惯。在很多情况下，我们不能要求一个具有跳跃性思维的人，去做那种由很严密的逻辑思维武装起来的头脑所做的事情。而写作说到底，在正常的情况下是写作者寻找自己思维方法的有效性的过程。只有那些真正找到了适合自己思维方法的写作者，才有可能写出让自己满意的诗。

198

突然不少人都在谈二十世纪二三十年代的河南诗人徐玉诺，还搬出了鲁迅来作证，说鲁迅曾说过徐玉诺是个了不起的诗人。甚至还有人认为徐玉诺的写作影响了鲁迅写出《野草》。只是我从读到的徐的诗来看（也许看得还不够多），虽然看得还算仔细，但并没有看出它们到底牛在什么地方甚至觉得如果徐玉诺写的都是这种东西，想不被遗忘都难啊……我不能不就此觉得，如今诗歌界的认知我是真的搞不清楚了。徐玉诺的作品纯粹精绝乎？技艺高超乎？深刻细腻乎？博大浩瀚乎？那些谈论他的人能举例吗？还有一点则是，尽管鲁迅是中国现代文学中神一样存在的人物，但是把他拿来为现代诗人扎场子，在我看来是请错了神。原因在于，就算曾经有人把《野草》看作现代诗的发轫之作，但实际上鲁迅对现代诗的理解并不充分，至少是对其多样性的理解比较简单的。虽然他会时不时地评论那么一两个写诗的，譬如说冯至是最好的抒情诗人什么的，但总体看来他所花的功夫不多，很多时候完全是凭兴趣说话，并不关乎真正的诗歌史建构。所以在大多数情况下，我并不认为他说了哪一位诗人，便成了多大的一件了不得的事。我觉得，有时候他关于某位诗人的评价，或许有诗歌政治的因素在其中（在这一点上，鲁迅的意识倒是很明确的），但其文学价值的肯定还真是当不得真。我个人的确很烦那种一窝蜂地跟着某种谈论走的做法。人云亦云，真是一种特别让人生厌的现象。

199

再一次想到“文人相轻”这一词。在一般人的眼中这样的词是带有贬义的，是说文人心胸狭隘，只对自己的写作感兴趣，看不起同行的，尤其是同时代的同行的写作。但现在想起来,我对之有另一层理解。我觉得,“文人相轻”从另一个角度去理解，也许并不见得是一个贬义词，而是一种对个体写作的认识。试想一下，一个完全依赖于自己对写作的理解而从事写作的人，他的写作是建立在一整套关于文学是什么的基础上的，在这样的情况下，要他去认同以完全不一样的方式理解文学的同行,应该说是不可能的。很多时候,一种文学观念的建立,实际上是建立在对其他的文学认识的反对之上的。在这样的情况下，只有坚持自己的文学认识，对于个体写作来说才有可能真正完整地获得对于文学的独立表达。所以,这时候的“文人相轻”实际上并不是一种人格的相轻,而是一种文学认识的相轻，或者说对自己文学认识的重视。在这种时候，为了不被其他的想法所动摇，一个人是必须坚定地认为自己的文学认识是有绝对价值的。在这种时候，我们可以说“文人相轻”也可以被看作对一种文学价值的捍卫。

200

“山花文学双年奖”授奖辞：理论上人们知道诗歌对于民族精神建设具有无可比拟的重要作用，但在当代生活中诗歌的现实处境却并非与它的重要性相匹配。在这种情景下，无论写诗还是从事诗歌传播工作，与之有关的人都需要信念与耐心。从这个意义上讲我觉得我和《山花》杂志社都是有信念和耐心的。而我之所以坚持在写诗上一条道走到黑，一方面是由于热爱，另一方面是从事写作让我感到了乐趣。还有则是我认为写诗能够使我理解人性、命运的秘密，在面对社会的诸多问题时帮助自己厘清思路。正是这几方面的原因让我从二十世纪八十年代坚持写作到现在。我今天能够站在这里，也使自己再一次认识到这么多年来我所坚持的写作观念和具体实践是有价值的。近几十年来，中国当代诗歌写作场域充满活力和混乱，不少人从现代主义对文学的认识和当代生活的动荡中寻找自己写作的支撑点。我也是这样。到今天我已经非常清晰地认定，不管人类在理解自身的道路上走了多远，发展出什么样的关于生命意识的理论，譬如弗洛伊德的潜意识理论，福柯、德里达等人的意识场理论，我们要解决的仍然是自身与生存其间的社会的关系。对于用诗歌谈论这一关系的写作者来说，能否真正做到对自身意识与社会关系有所描述，无疑是困难而重要的工作。基于此，我坚持认为在写作中，我们必须做到从自我出发，通过细致地发现、探究，最终用文字建构出尽量真实的语言空间，使读到它的人能够真切地感到一种基于个体的眼光对世界的理解。我相信，做到了这一点，应该能够说明什么是语言的真实。而真实，在我看来既是一种对世界的理解，又是对语言作为诗歌传播工具的恰当使用。在这一点上我想说的是：真实，是一种对诗歌的伦理要求，同时也是对诗歌的美学要求。从最根本的意义上讲，诗人应该趋向完成这样的要求。这些年来我正是努力朝着这个目标前进的。而现在《山花》诗歌奖颁奖机构给予我这个奖励，让我更有理由信任自己的选择。为此我必须说：谢谢你们。

201

《山花》杂志文学论坛发言稿：自 2000 年左右，网络诗论坛在国内开始起来。它的出现改变了写诗者的交流方式，也让很多身处偏僻地方的人有了与同行交流的机会，以致后来不少人认为，网络的出现改变了中国诗的生态。从现象来说的确是这样的。自从有了诗论坛，作品的传播仅仅依靠刊物、报纸的刊布发表的情况被改变了。这一事实后来又随着微博、微信公众号的出现，进一步得到了巩固。到了今天，虽然刊物仍然起着发表诗的重要作用，但已经不是单一的阵地。由此，人们对诗发布的新方式有了新名词：自媒体。我们今天在这里谈论“自媒体时代的难度写作”，已经可见自媒体的影响力已经成为每一个人都不得不重视的现象。

只是，我还没有搞清楚它与难度写作的关系。或者退一步说，我需要先搞清楚什么是难度写作。在我的写作认识里，难道还有没难度的写作？我真的不知道其他同行对这样的问题如何理解。但从我开始写作，便意识到写作是非常困难的事情。所以，从一开始我就把解决写作的困难放在了重要的位置。我认为，如果我们考虑到写诗必须解决的是一个人对语言的认识，解决的是怎样理解诗在人类生活中的作用，以及诗在建构自己的过程中必须完成对形式、结构、节奏等技术问题的处理；甚至还需要建立明确的对个体与全体、个体与传统的关系的认识，并建立起适合自己的写作观念——那么，写作就不可能是一件可以轻松完成的工作。每一首诗的写作从最基本的意义上讲，都来自我们对以上提到的问题的清楚理解和妥善处理。而这真不是轻而易举就能够做好的事情。很多时候，它需要调动我们全部的知识储备，还需要我们对自己智慧的有效确认，了解自己思维习惯的长处与短处，以及怎样合理利用自己的想象力。一句话，写诗在我的认识里，从来不是可以轻轻松松完成的工作。

为什么我这样说？我的意思是，写作从来都是难度非常大的事情。它在任何现实面前都是一样。所以，在我这里并不存在一种“自媒体时代”或“非自媒体时代”写作这样的分类。我觉得，诗发布的媒介，对于诗本身来说不过是一种外部因素，不管我们是将诗发布在传统媒介上还是发布在自媒体上，诗所必须葆有的基本品质都是不能变的。一首能够被认为是好作品的诗，尽管可以由于写作者自身的写作观念与形式认识给予其不一样的样态，但它必须葆有好作品的基本品质，即它必须在语言、形式、主题等等方面，让读者感到充满了创造性的因素，能够给人带来阅读的新鲜感和意外的惊喜。如果没有这样的东西存在于诗内部，其作为诗的价值非常值得怀疑。

正是在这样的认识下我并不认同现在有些人的言论，他们认为自媒体的出现降低了诗评价的标准，使得很多人哪怕写得很差，仍然冠冕堂皇地忝居诗人之列。这种现象，我真的不认为是由自媒体带来的。我觉得，以历史的眼光看，诗传播史上一直存在着良莠混杂的现象，甚至有时候差的作品会将好作品在特殊的时间段挤出人们的视野。但我觉得这并不是什么了不起的事。很多作品可能一时得不到流通，但因其自身内在的光芒，到了最后总会让读者意识到真正的价值。我们仍然会发现，那些留存下来的伟大作品，无一不是呈现了内在难度的作品。难道我们可以说陶潜、杜甫的诗没有难度？从历代研究他们的人们的谈论中，我们领受到的是对他们作品体现了语言的精确、细致、生动、有力的反复指认以及对他们的作品体现出来的诗品质的全面发现。所以我甚至以为，任何一个对于他的时代来说是好诗人的写作者，其写作都当然地葆有他那个时代对诗的全部深入理解。我一直相信的是，当代那些将某些诗人的写作看作故意制造阅读难度的评论言辞，其实并没有真正理解这些诗在诗与语言、诗与审美的关系方面的价值。他们所理解的，仅仅是将诗工具化的诗观念。

如果更深一步地说，我甚至认为，这是当代诗蒙昧化的具体表现之一。它借着无障碍的自媒体发布的便利拉低了对诗的要求。也正是这样的现象的出现，才让我们想到写作的难度这样的问题。但是，正如我上面所说到的那样，对于诗而言，并不存在传播方式改变以后，诗写作以及我们对诗的审美必须发生改变的条件。在我看来，诗写作无论在什么时代都只有一种东西对写作者最重要，即一个诗人必须在写作的过程中，从题材到形式为自己的叙述找到恰当的方法。而落实到具体的写作中，即我们必须为写作找到语言、节奏、声音的合理性。这对于哪怕已经形成了自己风格的诗人来说，也是笃定的要求。因为每首诗的具体写作其实都是从零开始的，需要我们以面对未知的态度去探究其可能呈现的样态。正是因为此，写作的难度从来不会以媒介的变化而有所改变——不管是自媒体还是非自媒体。对于我而言，写作只有一种情况，那就是每次提笔都是对自我的挑战。由此而来，如果我们必须谈论当代写作的难度问题，应该意识到的是，随着人类在理解自身与世界的关系上收获了越来越多的新发现，它们呈现出的更复杂、被人们称之为多元化的样态，这一切肯定不是减弱了写作的难度而是加大了写作的难度。

202

自重一直是我很看重的品质。落实到文学上，自重包含了对个人写作信念的坚持，也包含了对反对的声音的拒绝。这倒不是说那些反对的意见是错误的，只不过对于一个有着清晰的写作观念的人来说，很多反对意见可能只是以反对者自己对文学的认识来谈论别人的作品，在这种情况下，不一致的意见是很可能出现的、恰恰是被反对者要回避或者说要抛弃的东西。所以说，拒绝并不是听不进意见，而是意见与被批评者的文学理念不能吻合。写作必定是一件寻求自我意识吻合的事情。在这一点上，它是拒绝意义上的存在。对于我来说，拒绝体现的恰恰是一种自我尊重。我们必须尊重自己通过漫长的思考获得的对文学的认识。不然的话，还写什么写，或者说还谈什么文学的独立性。在这一点上，自重其实不过是一种自我肯定，是对自己的写作的坚持。

203

自从文化中心主义成为被批判的对象以来，对不同文明的平均主义的强调已经造成了一个事实——当今关于文学经典的认识必须建立在自身文明的背景之上才是有意义的。由此，我越来越感到或许到了不远的将来，在不同文明中的人，对文学经典的再次确认，首先需要符合的是与自身文明背景的一致性原则，而那种以普世价值观来认定经典的做法很可能不再具有权威效力。在这样的情况下，文学生产会不会再一次回到拒绝对文明体系外文学的学习，就成了一个需要人思考并给出答案的问题。这实际上产生的是新的对文学意义的认知——我们真的能够在文学中生产出超越性的产品吗？对此不得不令人怀疑。只是到现在我还没有办法直接而清晰地做出判断。但似乎有一点可能会是我们必须要想一想的，语言的自我限制是否真的存在于不同的语言系统之中。基于此，一个汉语诗人是否真能写出如一个英语诗人那样的经典作品？虽然我们到现在还仍然能够通过翻译过来的阅读，对其他语种的作品有所认同、给予赞赏，但是这一情况真的不会发生变化吗？我觉得并非不可能。很显然，这种疑虑的产生，必定会让我们看待写作的眼光发生变化。关键的问题很可能变成了怎样在写作中找到更切合我们所使用的语言的写作方法。这一方法里包含了对语言本身，形式和结构的重新理解。很可能新文学的产生要在这样的思考下完成。

204

我对一些成天把自己是大诗人吊在嘴上说的人一直心生鄙视。原因在于是不是大诗人，是说不成的，是就是，不是呢，再怎么说，就是牛吹上了天也不是，哪里需要不停地说呢？我觉得老是这样说的人大概出自两种原因：一是缺少历史文化认识，不知天高地厚；二是心虚，不得不老是用狂妄给自己吹气。本来后退一步看，我觉得自己是不是大诗人也不是不可以说那么一下，适当地吹一下牛也并非不可以，譬如当年杜甫也算是吹过牛，自我夸赞自己的，像他诗中所言“如今海内耽长句，我和李白句最工”。同样让人感到牛气得不行。只是杜甫是因事而谈，在那个时代，就长诗写作而言，杜甫的确写出了能够骄傲一下子的几首长诗。这些长诗到今天仍然是中国诗歌史上最好的作品之一。但他肯定不是天天把自己是大诗人吊在嘴上说的。他更多的是在写作上下功夫，“语不惊人死不休”。以至到了越是生命的晚年越是写得牛。总之一句话，牛可以吹，但如果天天吹，那肯定不是吹牛而是吹尿包了。

205

有时候看到古代诗人结构诗歌的方法，我不禁觉得那一整套后来成为习惯性的运用手段，其实也是简单的，不过是二元分类的对位法。譬如山对水，雨对风，花对鸟，内对外，等等。这种东西，如果学一学，写起来应该并不是很困难的事，无非是想象与观察相结合，无非是语言的概括力的把握。由此对写现代诗有了更加慎重的认识。现代诗法无定法，写作的形式生成随机性很强，完全需要在每一首的诗的写作过程中依势而定。这样的情况很容易造成的后果是，如果把握不当，意义的发展就会出现偏移。我在很多时候看到一些现代诗，要么头重脚轻，要么头轻脚重，甚至还会出现无腰或腰太细的情况，主要的原因就在于无法可依，自我的掌控失当。从这个角度来看，说现代诗很难并非是矫情。也许可以这样说吧，写现代诗，对语言的认识很重要，写作的经验很重要，节奏的掌控也很重要。这几方面的重要都必须处理得当，才有可能让一首诗变得有机且均衡。而对有机与均衡的收获，可能正是现代诗写作中必须注意的问题。

206

对绝对问题的关注，是当代诗写作中很欠缺的方面。这是由于文化原因造成的吗？中国文化，虽然也讨论生死这样的大问题，但好像与西方的着重点不同。所以我们看到的情况是，西方诗歌中的很多作品，主题直接面对生死而延伸至信仰，而中国诗歌则多半将之与时间联系在一起。这样一来获得的最后结果是不一样的。落实到当代诗，如果没有重大的与自己有关的生命触动，很少有人去写谈论死亡的作品，甚至还有避讖的说法。正因为这样，超越性在中国当代诗中是缺失的，变成了我们很难讨论的东西。所以对此问题的关切，我们常常只好从西方诗歌中去寻找。很多人就此认为中国诗歌缺乏深刻，不能将人带入与永恒的对话。我倒是不这样认为。直到今天我仍然认为儒家文化对人世责任的强调，对现世生活的关切，并非不需要中国当代诗歌去细致地把握。在这一点上，像“逝者如斯夫”这样的感慨所带来的对生命的浩叹，我觉得仍然是我们可以写出丰满诗歌的基础。正是在这样的关乎时间与生命的问题上，如果我们深入进去探究，仍然能够让中国当代诗人写出孤绝、高蹈的诗歌。我觉得，一种高妙的诗篇或许正是因为我们触及这样的问题而具备了明晰认知的可能，并进而在积极的意义上让我们可以深入内部去谈论它。

207

词语意义的迁衍，应该说是在历史中不断发生的事情，所以我们看到一些词与它们最初被使用时的意义已经大不相同。还有一些词到了今天已经变成了“死词”。不用说《康熙字典》中的词，就是一本《现代汉语词典》中的很多词，在今天被使用的频率亦低得可怜，有很大一部分甚至根本就不会再使用。在这种情况下谈与传统的对接，其实从某种意义上只能被看作是一项清理工作，所以我对那些动辄谈传统的恢复的言论实在没有一点兴趣。我觉得人类的历史已经表明，文化的发展是在两种情况下进行的，一是创新，一是抛弃，当然也可以将这两种情况看作一种。所以对于当代诗而言，创新才是第一要务。这就对我们提出了很高的要求，需要我们不断地以发现的眼光看待写作。在这一点上，我尊重那些变革家们。当然，由于分寸问题，变革很可能被滥用，把持不好，变成任意而为，则是笑话了。我希望时刻告诫自己不可狂妄。写作，很多时候其实是纠错行为，从可能偏离的状态中把自己拉回到正确的轨道上来。

208

对词语的想象是不是漫无边际的？可以是，也可以不是。这要看在何种情况下，以什么样的应对方式看待问题。通常情况下，以艺术的名义来谈论它们时，最容易发生的现象是，不受任何束缚。其实问题可能并不是那么简单。人类认识事物的能力仍然要受到自身生命的限制。这就使一切问题的出发点都逃不了与世界基本的关系。这样一来，想象的支点其实仍然是受到存在本身的控制的。所谓人们思维的抽象能力，可能会带来的发展、归纳、总结的能力，如果没有了支点，要清晰地认知事物，仍然是难以想象的事情。艺术可能发挥自己最漫迂的向外延延的能力，但是这也可能是有边界的。所以，词语的想象，在我看来或许是对语言边界的寻找。现在有一种认识，即对语言边界、人类思维有扩展的能力。这种看法也许是对的。只是打破边界的行为需要的智慧，到底是以什么形态出现的，我还没有把握去认识到。就诗歌而言，也许每一种可以被称为新的创造性的作品，都是这种能力的一种具体体现。

209

每每读到一些人谈诗的言论，其中的要点是强调诗应该要有情怀，责任心，要反映时代，对现实给予深切的关注，同时还要表现出广阔的人文意识。但是对于怎么做到这些，几乎所有的谈论者又都语焉不详，它从另一个角度让人看到说这些话的人思想的空泛、夸张。而从写作的具体情况来看，每一首诗的形成都是在一种具体的文化意识之下产生的。诗所要谈论的问题都存在着切题不切题的问题。如果只是用一些空洞的原则性的框框来套，很可能最后带来的结果是诗的无所适从。对此，我只能对那些言论表示鄙视。在我看来，中国当代诗的关键问题是到了现在，还有很多人并不知道诗应该干什么、什么才能成就一首好诗这些属于诗的要素的基本问题。正是如此，我们才看到很多诗，让人觉得夸张、矫情，缺少基本的语言审美性。要知道诗的审美从来不是建立在空泛概念之上的，它是由具体的诗歌技术在具体的诗作中完成的。

210

参加“飞地”搞的阿多尼斯画展活动。在与阿多尼斯的交谈中，我听得最多的是他作为一个阿拉伯知识分子，面对当今阿拉伯世界的现实，一直在思考它的未来，能够感到他对陷入复杂冲突的阿拉伯乱局的忧虑。抛开我对他的诗的看法，他一直把自己放在整个阿拉伯文化的大框架中思考问题，对阿拉伯与西方的关系，阿拉伯文化内部各种思潮的得失，都有自己的思考，并得出了自己的认识，他的这种做法倒是让我很有感慨。阿多尼斯表明了在当代生活中，一个知识分子必须面对自己所处的政治文化处境，并对之做出整体性的思考，以求寻找到解决问题的路径。虽然最后也许找不到，但努力寻找则是一种必要。而这种政治文化态度（尤其是政治态度），是当代中国诗人中的大多数明显缺少的。在认识自身政治文化的处境这一点上，中国当代诗人很少将之与更为广阔的现实遭遇联系在一起，而是纠缠于自身的小需求，把问题缩小到只与自身相关的狭隘领域。对此，的确需要我们做出反思。

211

中国当代诗坛基本是被一堆看似是问题其实是临时性问题或假问题纠缠住了，譬如口语和非口语，说人话还是不说人话，问题是，什么样的诗是口语诗，什么样的诗不是口语诗，什么样的诗说的是人话，什么样的诗不是，这些扯了半天扯清楚了吗？《诗经》、魏晋诗、唐宋诗，是什么诗？说的是人话还是不是？具体说李白、杜甫、李商隐、黄庭坚等先贤的诗是什么诗？口语，非口语？人话，非人话？这些东西不扯清，后面说出的任何观点都难以立基。问题是他们的诗的伟大性还用说吗？怎么说话，从来不是诗歌关心的问题。如果我们考虑过诗歌与其他的人文思想种类都是人类文化的精神成果，就必须考虑到它存在的结晶性质。这样一来，我们便会从另外的角度与起点去看待诗歌生成的意义，而不是纠缠于它怎么说话这种其实没有什么实质意义的问题。诗歌，从各种角度看，都只应该与一首诗能否真正传达出人的精神认知有关系。在这一点上，关于美，关于人类灵魂对事物的认识，关于时间、空间……这所有问题最后得到了怎样的呈现，才是追究一首诗是否具有合理性的关键。这就像我们可以承认艾略特、庞德的伟大，也可以认为威廉斯、佩索阿、拉金、奥哈拉也不错一样。到了今天，这些都已经成为关于诗歌写作的常识性知识。所以再要谈论，其实多多少少显得没有必要。而写作，有更为重要的问题在其内部。我们应该关心的是这些。

212

诗歌题材的扩大，一直被看作革命性的问题，亦成为很多人标榜自己具有先锋性的理由。但是如何扩大题材范围，怎样在写作中落实题材的可行性，仍然是需要考究的事情，并非只要写了一些别人没有或者不写的题材，就成了诗歌的革命家。有所为和有所不为，始终是一个诗人需要想明白的。而当代诗歌写作中的确有一些人胆子很大，什么都敢写，只是最后给人的感觉却是生产了很多垃圾。之所以如此，在我看来主要是这些人只把“革命”二字当作了标榜自身个性存在的招牌，他们实质上做得却是破坏和丑化“革命”二字的事情。或者可以这样说吧，诗歌并非简单地记录一切发生在人类中的行为,它仍然需要甄别,需要写作者分辨。就是“革命”二字，也是需要我们搞明白其指向什么地方的。所谓的革命，如果仅仅是破坏而没有建设，只有诅咒而没有赞美，在我看来是没有意义的。

213

中国文人的创造性在唐以后便成为稀罕物了，这一点从王维对山水的命名的模仿中亦可以看出来。“辋川别业”当然是一个很有趣的命名，但是后世不少人在造园林时，都以此为考量值，想着起出与之相类的名字，实在是让今天的人看了觉得别扭到不行。膜拜一事，真是万万不能做的。在诗歌写作这件事上亦是如此。我现在的确很厌倦动不动谈偶像的做法。一些伟大的诗人只能成为镜鉴才是有意义的，或者可以说他们是一种尺度，他们存在在那里只是为了检验我们的写作是否还有意思。或者像有的人所说那样，在写作中为自己寻找一个想象的对手，暗中较劲。只有这样才可能获得一种既有所依凭又刻意超越的心态，在写作中做到每一步都有法可依，又力求突破。总之一句话，亦步亦趋肯定是没有出息的。

214

自我设计以及寻找依据，为自己的写作向经典性靠拢，这是一些人在一首诗完成后，不断言说的方法，也的确可以唬住不少人。只是我一直对此不以为然。当代语言与过去的联系，其千丝万缕的撕扯关系——扯群经以壮胆，引万言以证己——已经成为不少人显而易见的写作方法。不过在我看来，这只是一种很懒的办法。因为如果寻找，我们使用的任何一个词，都能够与过去的经典扯上关系。但是，是否自觉地使用，是否能由此带来自己所要谈论的意义的深入，以及是否能推进观念的更新，获得新的力量，并不是那么轻易可以言说的。所以切不可牵强附会。有人曾经统计过，当代语言在近世的发展中，不少词的更新是显著的，更有外来语言的加入。因此合理地使用当代语言，在写作中呈现出其新的意义，同样是写作者必须认真考虑的事情。赋予每一个词当代诗意，同样是非常棘手的工作，需要花费的思虑仍然复杂，困难的程度不小。思千虑而不得的情况也是会出现的，写作终归是一种挑战。我希望的是，现实的诗意当建立在对现实的洞察基础之上。也就是说，洞察，可能才是我们需要训练自己的事情。在不断练习的过程中，学会对诗意的真正捕捉。我们的确不需要妄想依靠经典来做自己的支撑，这一点与拉大旗做虎皮其实没有两样，哪怕就此让人觉得学富五车而可自由言语。

215

或许人们依然没有意识到，在当代诗歌的批评话语中，某些批评家对某些词的使用，譬如“正义”“良知”“责任”等等，仍然是带有被灌输不真正得其要领的意味的，他们一旦用这些词来谈论当代写作中的某些现象时，其具有的夸大其词、上纲上线色彩便非常自然而然地渗溢出来。有时候我十分惊诧这类批评家还在那么轻率地使用这些词评价诗人的写作。对此，我真的是颇不以为然。我认为当代诗歌写作，诗人对意义的考量，早已经是建立在对诗歌作为一种人类意识的总体价值之上，不再简单地在写作中把某类意义的，或者说精神的要素看作诗之构成的主要指标了，而是把从技艺到形式、从主题到方法的全部与诗有关的因素加在一起考量，从而在写作中使之进入诗的构成中。正因为如此，当代诗歌写作已经尽量地避免了那种所谓的精神上有深度而其他方面不合格的诗歌成品的出现。所以，在这样的情况下，对诗的谈论，凡是仅仅强调某种精神品质，说些绝对性话语的批评言辞，在我看来都是没有真正领悟到诗之为诗要旨的说辞，至少也应该被看作一种对诗歌的理解来说，落后于对诗的认识的说辞。

216

一直以来，音乐性是人们谈论诗时给予肯定的因素，并且在理论上有古典诗作为支撑。从《诗经》开始诗就被唱颂着。尤其是乐府体的长短句，更是证明了唱在古典诗中的重要性。法国诗人马拉美也曾强调诗与音乐的关系，并实践性地写过《骰子一掷永远消除不了偶然》的名篇，以证实音乐在诗的构成上的重要性。但时至今日，怎么谈论诗与音乐的关系却成了一个必须重新考虑的问题。我个人对此问题的看法也在近年有了些许改变。我觉得，单纯地强调音乐性，对于当代诗的构成并非是完全妥当的。我也不再在写作中追求音韵在诗构成中的绝对地位。有时候我甚至认为，当代诗对音乐性的反对亦是并非不能成立的。从语言的多重功能来说，没有音乐性，在诗的构成上讲究结构，以抽象的语言来获得意义的成立，以及从绘画的角度给予诗图像感，这些同样是能够让诗获得文体价值的。尤其是在后现代主义成为当代文化认识的一种思想方法后，怎么理解语言与事物的关系，以及怎么理解诗之成为诗，已经有了更为复杂的见解。在这样的情况下，人们对诗之构成以及诗之功用都有了另外的认识。我更关心的是这些东西。另外，我觉得哪怕站在更保守的立场上看，诗与音乐的关联，也并非是不可或缺的。诗在与语言的关系中，还存在对语言本身特性的理解。音乐可能会有助于人们更好地理解诗，但是很多情况下没有这样的东西的存在，诗在朝向语言意义的深化的过程中，也许仍然可以获得另外的路径。也就是说，没有音乐性的加入，我觉得诗也是能够成立的，或许从某种意义上讲，剔除了音乐性的诗，语言在某种质感，比如它的硬度和强度，可能会更加突出。我知道对于这种观点，很多人会不同意，在他们眼里，失去了与音乐的关系，诗等于失去了最动人的部分。但是在追求诗的新异的路径上，失去了音乐性的加持，诗可能呈现出另外的特质，对此我是有信心的。

217

回答阿根廷汉学家明雷信中的一段话：中国的情况与其他国家不一样的原因在于，中国当代诗是在文学语言发生了巨大变化的情况下出现的对语言与文学关系的具有革命性质的再发现。即，它是在放弃了人们对古典诗的一般性认识，从语言重新寻找与日常生活的关系入手展开的一种对文学语言的改造。也就是一般人们所说的，用现代汉语来完成诗的写作。在这样的过程中，一些人为了保持中国古典诗赋予的基本形态，做出了具有保守主义意味的努力，希望通过对古典诗的一些基本元素的保留，使现代与传统建立表面上的联系。闻一多、吴兴华，还有林庚，做过这方面的努力。但是从效果来看，他们对新诗所做的“格律化”努力基本上不成功，不单没有使古典诗的元素进入现代诗，也没有给现代诗带来起码的活力，反而让人觉得拘泥在表面的形式主义中。今天的诗人，当然也意识到了现在的诗与古典诗需要建立有效的联系，但是这种联系必须是内在的，由汉语的内在精神带来的一致性构成。这一点是我们一直在做的工作。只是当年那些在海外的中国诗人之所以要谈论汉语诗的“中国性”，并非是由他们内在的对语言的认识推动的，而是他们在西方文化的环境中，为了适应西方文化对中国文学的想象，甚至想要迎合西方文化对东方的想象进行的投合运动，并非内在地想要真正寻找到当代生活中中国诗自身合理的发展路径。因此，这样的讨论带来的结果也就很难推进中国当代诗的发展，也找不到一条能够使中国当代诗向前发展的路径。这里面的问题的确非常复杂，但这种问题，并不仅仅止于与传统的关系，也不属于是否继承传统的问题，而是更为复杂的、涉及如何认识一种语言存在的历史处境的问题。总之，这里面的确不是简单地对待传统的态度问题，而是一整个系统性地理解我们的语言环境的问题。

218

一个简单的陈述：谈自己的诗对于我是一件很困难的事。原因在于，将自己的作品置于自己的分析之下，有点像把底牌亮出来，所谓的个人的那点关于写作的私事，一下子成了公开的东西。一旦如此，本来作为秘密的诗的来路可能就断然不存了。我十分忌讳这种事情的发生。所以今天我仍然不想具体地谈论自己的写作，譬如对交给诗歌节组委会的三首诗做介绍性的说明。我认为，这些诗都呈现在大家的眼里了。对之的阅读，怎样理解，包括如何评价，自然属于阅读者的事。有些人也许喜欢它们，有些人可能对它们有自己的批评性看法。这都是正常的事。而我想说的是我之所以写这些作品，肯定有自己觉得写的必要性，以及我之所以这样写，也必然有自己关于诗歌形式的考虑。一句话，和大家一样，我是以“诗是吾家事”的态度来写作的。正是因为“诗是吾家事”，题材的选择，形式的构建，就一定会与我对诗的认识有关。譬如，我希望诗能够谈论自己感兴趣的问题，或者说诗必须谈论对于人来说不能不谈论的问题。正是如此，大家可能看出来了，我的这三首诗谈论的问题都与死亡有关，它们既是对死亡意味着什么，也是对死亡是什么以及死亡最终给人们带来了什么这样的问题的谈论。我觉得这些都是我们作为人不得不谈论的问题，因为它其实就是我们自身内在的生命困境，是不得不在现在、未来必须面对的问题。理解了这一点，我相信，也就理解了对于个人而言写作的必要性到底建立在什么地方。对于我，当然是建立在一种认识之上的。这一认识的关键点在于，写一写它们，可能会帮助自己克服心理中的疾病似的恐惧。通过谈论它而回避其在日常不断纠缠我们的思想。至于说能否达到了目的，那是另外一个问题，这里我就不展开说了。总之，对于我来说，写作的理由从来都是具体的。我从来不把写作看作一种制造问题的方法，我所做的是发现问题。我就此觉得，诗因此是一种发现。在写作中，我其实问自己最多的是，在写作中我到底发现了什么？也许没有，但我一直期待着有。而正是期待，成了我写作的动力。

219

一个发言：这个研讨会的主题很有意思，让我一下子想到陈寅恪。他以诗证史的史学研究方法，似乎正好印证了今天的讨论会很有针对性；同时也可能说明，诗与记忆的关系其实是没有必要讨论的，原因在于，从广义上理解，人类的所有用文字形成的文化产品，诗歌、小说、随笔等等，最终都会是一种记忆，是思辨、审美和对事实的记忆。如果它们留传下去的话。当然，我也理解专门谈论记忆与诗歌的关系这样的话题意味着什么。长期以来，人类给予诗歌的期待，以及人类对诗歌功能的要求，的确不胜言数；种种言辞，以及由它们带出的不同意见，使得后来者越发想用一锤定音的方式，将诗歌对于记忆而言意味着什么说个明白。我十分理解这样的愿望。只是觉得在有了前人过多的谈论之后，我们恐怕就此问题说不出什么有意思的话。最大可能也不过是再拾一次前人的牙慧，把旧话重说一遍。当然，说旧话也不是不可以，至少它能够起到提醒自己或固化某种观点的作用。这样的作用非常有必要看重。所以，我把这次谈论诗歌与记忆关系的看作是一次提醒，同时也是一次自我清理。

不久前，我蒙黄德海的邀请，参加了他的大作《诗经消息》在深圳的分享会。黄德海的这本书表面上是阅读《诗经》后做出的总结，实则是对《诗经》作为一种文化事实，在历史的传播过程中人们对其意义的认识的辨析，它告诉读者，一部文学作品是怎样一步步变成民族精神圣典类的东西的。套在今天的话题上，我觉得是不是也可以说黄德海是在谈论《诗经》存在于民族历史记忆中的作用呢？参加那次分享会，我再一次想到了作为留存下来的人类文化产品，能够在什么程度上引发我们对现实的思考，以及记忆是如何在时间的推衍过程中发生变形、扩张的作用的。的确，一切文化产品的终极意义应该是激发出阅读它们的人对自己的生活的认识。这是对人类生活意义的要求。而从这样的意义上来谈论诗歌与记忆的关系，抛开那些被今天的人搞复杂了的方法论的东西，我们似乎可以说，记忆是写作中带有必然律的诗歌要素，没有这一功能在诗歌中的呈现，或许诗歌的成立与否都会成为问题。原因在于，不与记忆发生关系，诗歌的存在还有什么价值？

事实也在几个方面证明了诗歌在记忆中起到的作用，一个作用当然是前面说到的固化时间，使我们面对它能够产生“历史现时性”的感觉。另一个作用可能是让审美这样的人类主观意识得到确定。而或许一个最关键的作用在于诗歌由于自身的创造性意味，在确立人类认识世界的范型上，能够提供某种具有再创造意味的历史依据。这一点，虽然我们从其他文类也可以获得，但是没有疑问的是，诗歌提供的依据是最生动、形象和具有美感的。这也是为什么直到今天，当我们阅读那些过去时代的伟大诗篇，譬如《诗经》、屈原的作品，以及李白、杜甫、苏轼等人的作品，不单能够了解发生在他们生活的时代的种种细致的事情，也能够被某种具有活力的，能够带给人精神愉悦的感受激发，进而触发出对“此在”的理解。我始终认为，如果一个写作者在他的写作中最大程度地做好了工作，那么诗歌就能够在记忆上带给我们最丰富、最恰当，同时也最生动的记忆牵引。这就像我阅读杜甫的《秋兴八首》，总能在头脑中回到他所描述的那个历史时期一样，人事和山川都呈现出一种绝对的精致。

接下来的问题似乎是，在知道了记忆对于诗歌意味着什么之后，作为诗人我们在自己的写作中怎样才能实践性地做到将记忆的价值灌注到作品中。这实际上对我们提出的是来自方法与形式两个方面的要求。也就是说，诗歌写作必须起到对记忆价值的分辨。它必须在写的过程中，尽量准确地分辨不单单对于个体还对于我们身处其中的人类共同体而言，什么是必须记忆的，什么又是没有必要记忆的。这有点像一句流行语所说的“选择性记忆”。的确，选择成了诗歌与记忆的关系是否成立的重要而具有原则性的因素。懂得选择，实际上说明的是，在理解人类与世界的关系时，一个诗人找到了将自己置于基本的人类善恶标准的监督场域，写作由此获得的是对事物存在意义的辨析。我一直认为坚守这一点是重要的。如果做到了，我们的诗歌最终说明的将是它在人类文明的发展中起到的作用，同时它呈现的是对时间的尊重。也许，我们就此才可以真正地说，它实践了人关于记忆的最基本的意涵。不如此的话，诗歌的意义，它对于人类而言的价值，的确很难被有力地体现出来。

由此说来，诗歌对于记忆而言，无论从主题的角度还是从形式的角度，肯定已经不是单纯的记录。它其实是一种强调，一种突出，甚至在最极端的情况下，是对记忆的修饰和甄别。当然，我说的修饰不是伪饰。正是因为这样，我们在读到过去时代的那些伟大诗篇时，才会发现被从时代的普遍性中提到更明显位置上的那些诗歌，其对事物的描述成了具有象征性意义的文献。从这点上来谈，我们是不是可以说，诗歌中的记忆，其实是记忆中带有象征性意义的那一部分。它的真正的价值在于，将某种对于人类而言属于特殊性的事实，通过语言的结构性陈述，使之最终获得对普遍性的触及，并呈现出能够指引人看清事物的特质；使得人们可以通过阅读它们，获得对更广泛的事物的本质的认识。这也就是说，在对事物的还原上，诗歌所起到的作用并非是一种对记忆的简单摹写，而是记忆在语言的作用下穿透表面将其意涵提炼出来，从而让人获得对其更深入的认识。因此必须强调的是，诗歌与记忆的关系从来不是针对记忆本身的，而是针对深藏在记忆内壳后面的那些对于人类来说可以用以反省现实的成分。

就我个人而言，我始终着迷于对这样的成分的寻找。我一直认为，当代诗歌在这方面所做的工作，在大多数情况下并非是有效的。相反，由于不少人仅仅看记忆二字的字面含义，在他们那里，诗歌成了对事物不加分辨的记录的简单工具。同时，更由于只强调记录作为一种事实的存在，对诗歌与语言审美性的理解变得非常简单，只是将之与真实一词联系在一起。其他的不说，仅就真实而言，那些对真实的强调却没有赋予其诗学内涵，让人看到很多时候在这种情况下写成的诗篇，完全失去了与语言本身的内在质量的关联，变成了平淡、干枯、机械化的简单的事实记录。很显然，这样的诗歌中的记忆呈现缺少了普遍性，变得简单并孤僻，无法让人感到它们与诗歌的艺术性有什么关系。鉴于此，我觉得有必要说明的是，在强调诗歌与记忆的关系时，我们应该看到，怎样确立一种标准仍然是构成这一问题的基本要求。如果做不到这一点，所谓记忆进入诗歌实际上是没有意义的，其对于理解记忆的历史与现实功用所能达到的效果，让人不能不生出怀疑。怎样解决这样的怀疑呢？这是我仍然在思考的问题。

虽然到现在我还不敢说自己已经找到了解决的方案，但是我相信存在着这样一个原则，将诗歌与记忆的关联，尽量地放置到不产生歧义的框架中，这也成为我这些年写作的基本追求。也就是说，我希望诗歌最终呈现出来的样态，能够具有指引性，能够让阅读者通过词语的牵引，到达我想要表达的意义终点。虽然说我这样的想法好像放弃了诸如美国诗歌批评家燕卜逊《朦胧的七种类型》(Seven Types of Ambiguity) 一书中提到的诗歌生成方法，不过，我认为这样做会有一个明显有利的情况：它可能带来的保证是，不会出现记忆变形。而说到记忆变形这样的问题，从诗歌史的角度看，由于各种原因，的确有大量的作品在后世的阅读中、在人们理解作品时发生记忆变形的情况。这样的结果是，不少作品成了需要阅读者大量考据、不断猜测、让人花费精力的东西。这样的东西可能仍然能够带来阅读的乐趣，也不能说没有价值，但是，它们造成的迷惑也是存在的。对于我个人而言，我并不喜欢陷入这样的迷惑之中。如此一来，对我来说的一个明确的观点是，在建构记忆与诗歌的关系时，我希望看到一种清晰的叙述，我也把清晰的叙述看作对诗歌生成的基本要求。

很多人恐怕不会同意我这样的观点。对此我其实是理解的，因为如果再深究下去，我们恐怕连记忆是什么都会作为问题提出来了。真的，写到这里我不得不想到，说到底，我们在谈论的对于诗歌而言的记忆到底具有什么样的内涵呢？这使我想到了“记忆的主观性”这样的说法。我甚至产生了一种想法：对于诗歌来说，进入诗歌之中的记忆很可能是主观的（也就是前面说到的记忆的选择性）。这样一来，在普遍性丧失的情况下，我们再来谈论诗歌与记忆的关系，是否还应该注意到主观性对于诗歌最后生成的作用。我觉得是应该注意到的。就此话题好像变成了这样，一切进入人类语言叙述领域的记忆，都已经不是记忆本身，而是我们在寻找一种对世界的解释。那么我们可不可以这样说呢？诗歌中的记忆其实是对记忆的一种重新组合与排列，并且在这样的排列中，诗歌特有的对形式的要求必然会发生作用。写作的过程，是对这种作用的运用和清理。这同样是一项很复杂的工作。所以，任何表面上看起来没有问题的、哪怕被人认为是最为直接的叙述，其实也包含了技术性的成分，同时也存在着动机的显现。这就是有时在写作中我们虽然在尽量排除歧义，但实际上仍然会不可避免地出现歧义的原因。

鉴于此，不能不让我感到叙述形式的确立，对于记忆成立与否是具有决定性意义的。这样一来，建立什么样的诗歌形式观念，就成为诗歌写作最重要的一环，要求诗歌干什么也就成为必须搞清楚的问题。远的不说，二十世纪新诗发展过程中，出现了众多关于诗歌形式的争辩，表面上看是语言本身与诗歌关系的不同观念在产生作用，实质上是对是不是忠实于记忆做出的不同理解的强调。而也正是在各种不同的强调中我们看到，很多表面上是关于形式生成、主题选择的不同意见，其实是对什么才是对记忆的忠实的认识。一个最明显而一直以政治正确的姿态出现的观念是强调记忆的直接性，即诗歌必须在面对历史事件时选择评判的角色，即有话直接说。如果不如此，则是放弃了诗歌的历史责任。对此，我的看法是，这是把诗歌与记忆的关系现象化的一种理解，它从表面上理解了形式与记忆的关系；而更为复杂的是，在当代诗歌的发展中，对形式的选择，本身已经包含了将记忆历史化的内在认识，而这一认识是与民族现实遭遇相关的，当然更为重要的是与我们的个人经验有关。这里面存在着一个转化过程，即在经验的层面上，处理记忆的过程形式的选择，也就是如何处理记忆的选择。

这样一来，我觉得不得不强调的是，任何与诗歌有关的，关于形式的合理性的谈论，实际上都存在着现实性，都是对记忆如何进入诗歌的一种强调。在这里面，形式表面上服务于语言的功能，成为我们需要格外慎重地考虑的问题。这一点结合二十世纪七十年代以降中国诗歌的发展史来看，实际上我们能够很自然地发现，之所以所谓的朦胧诗会产生，其形式希望容留的内容，恰恰符合人们对诗歌与记忆关系的一般性认定，正是为了求得记忆的真实性，同时规避引起读解的误会，朦胧诗找到了用变形的意象、隐匿性陈述，以及物物代喻的方法来完成自己的叙述，从而在形式上将诗歌推向了一般的读者认为生涩、艰深、歧义的方向。可以这样说吧，朦胧诗从某个意义上讲，很好地表征了诗歌如何与记忆建立关系。对此，我想说的是，在特定社会环境造成的文学氛围中，对诗歌与记忆的关系在形式构成上的表现起到决定性作用的，仍然是我们怎么理解诗歌的功能。也就是说，我们希望诗歌能够做到什么。这就像朦胧诗之后的我这一代诗人，对诗歌如何处理社会关系有了更广阔的认识，强调诗歌的叙事性所选择的形式，基于一样的道理。

当然，在这一点上意见并非是一致的，对立的认识也有很多。我们也由此看到不管是历史上，还是现在，人们总是为诗歌应该是什么样的、应该做什么而无休止地争论。我觉得这种争论还会继续下去。而或许正是在这种不断争论的过程中，我们会看到诗歌的变化，其不断地扩展性会使之获得更为丰富、深入的表现能量。就犹如这一次，当我们坐下来讨论诗歌与记忆、与形式的关系时，大概不少人心里已经有了自己的认识。而我也从中深切地感受到，形式的选择从来不是单一性的技术问题，它所隐含的是一种对诗歌功能的理解。在中国目前的语言环境中，它所具有的现实意义，是我们需要理清楚的。而强调诗歌的记忆功能，亦应该旨在说明，在当代诗歌的写作中，我们必须清楚地意识到，诗歌与记忆的关系，实质上是我们能否真正地进入文化历史建构的基本工作内部，最终用诗歌见证一切，甚至用诗歌重新理解我们的文化传统。想起来，这的确是一项责任很重的事情。正是因为如此，到了最后我想强调的一点是，在诗歌生成过程中，我们应该要求诗歌的是如何理解记忆。我自己的观点是，不能将之简单地理解为将经历、经验中的事物从消失的时间中打捞出来，而是一种建立语言秩序的工作。只要这样所谓诗歌的意义才会获得。

220

有人谈到了诗歌中的绝对辨音律问题，也就是如何理解诗歌中的声音。这个很有意思。就我个人的理解，我觉得对诗歌中声音的辨识，主要来自我们对语言的理解。我们必须知道语言中每一个词的自然音高，以及在一个句子或者在一首诗中，一个词的自然音高与其他词的自然音高能够建立什么样的共振关系，它们在构成一句诗或一首诗时，怎样确定它的音调以及由此而产生的声音速度。最理想的情况应该是，词与词之间在确定音高过渡时，不能产生大幅度的变化，而是能够在听觉上带给人渐进的感觉，使之发生音调变化和谐的情况。一个成功的诗人在写作中不单应该形成自己的声音特征，同时他生产的任何作品，在最终的声音构成中，都应该让人感受到最自然的声音变化，即一首诗的声音无论在速度上，还是音调上，都应该是转换有序的，不能让人在阅读时感到刺耳，或者出现破裂感。至于说到声音在有些诗中会是激转的，在有些诗中会是急越的，这不是问题，关键在于对其调性是如何确定的。因此，定调是对于写作什么样的诗从最初开始落笔时就必须确定的事情。这就是说，一首诗的调子是我们写作开始时就必须定下的。诗人最关键的能力是，他必须具有分辨词的声音的能力。当然，由于词的历史附载力的存在，在对词的声音的分辨中，我们同样不能不面对历史所赋予词的音高这样的存在现实。

221

我一直不喜欢为自己的诗写说明。所以每当看到有人不厌其烦、沾沾自喜地在诗后写下一大堆说明性文字，就不免心生疑虑，觉得这是在诋毁读者的智力。我希望每一首诗都有属于自己的秘密的来源，这个来源并不需要告诉别人。之所以有这样的希望，是我坚信每一首诗的产生，如果不是来自作者对我们生活的这个世界的洞察，不是因为作者找到了值得写下来的价值，那么它存在的理由就是不充分的。有了这样的认识，我们在一首诗中所要告诉人们的，在诗中就已经完成了。至于那些写作过程中写作者所使用的材料，他用了什么历史的或现实的，公共的或私人的东西，则已经由对诗的处理隐藏在了诗句之中。如果这一点没有被读者指认出来，或者说没有被一些读者体会到，原因大概只有两种，一种是写作者没有处理好自己应该处理的材料，另一种则是读者缺乏阅读必须具备的知识，或者缺乏阅读的能力。而这两方面，属于写作者的，谨慎的写作者一般会在内心承认，更觉得没有必要写什么说明文字了；属于阅读者的，大多数阅读者在一般情况下不会承认，原因在于，大多数阅读者对自己的阅读能力信心满满，很难承认自己的知识储备不足以阅读诗歌。他们哪怕真的看不懂别人写的什么（或者说他们的确缺少对语言历史的了解，更没有语言分辨力）也不会承认，因为那样等于是在说自己的智力存在问题。想起来这是很有意思的事情。再说一句，语言分辨力包括对语言的历史意涵的了解，亦包括对语言声音的分辨。而在阅读诗歌中，对语言声音的分辨力的要求其实是很高的，它决定了我们在阅读一首诗时，对每一个词的绝对音高、音质的把握。

222

越是到了晚近，我读诗的热情越是衰减，对大多数人的作品提不起阅读的兴趣。尤其是那些读之难以分辨出个人风格的作品。这些作品无论在用词与语言结构、节奏上，都很容易与其他人的作品混淆。读它们有什么必要呢？但想要读到风格鲜明的作品的确太难了。一个时代能够涌现出几个有鲜明特征的诗人，已经是这个时代的幸事。所以，大多数作品其实是没有必要读的。哪怕写作者自我强调的能力很强，可以把自己的写作说得繁花似锦天花乱坠，也没有必要读。因此，更多时间我把阅读放在与诗不相干的书籍上，譬如读点谈论历史的书我觉得很有趣。在那些由众多事件组成的历史叙述中，阅读能够发现的趣事太多了。尤其是记述历史上最动荡时期的书籍，总是能够让人发现有些事情的产生，自有其特殊的原因。就是那些按照一般逻辑被人们认为最不值得赞赏的人物，如果一本书发掘出了某些有趣的材料，亦会让我们感到其生涯的丰富性，从而更加立体地看待一个人。这时候所谓的反思会自然而然进入我们的头脑，并结合到现实，让我们得到某种有意义的启发。这一点，的确比读诗收获要大一点。就写作本身而言，也能够给予我们更多的帮助。我的意思是，阅读从来都是一种助力行为。我希望的是，阅读能够让我们收获对某些事物的认识。在这一点上不读诗可能获得的帮助更大。当然这也不是贬低读诗这样的行为，关键是要看读什么样的作品。我们真的只能读那些能够反复带给我们启示的诗人，在这类诗人的作品中，世界的面目，语言的面目，才最大化地呈现出来。如果做不到这一点，读诗的确是没有用的。所以说，诗不在诗里，诗在诗外，作为一种道理，我们应该有所懂得。它虽然不是真理，但对我们来说也有用。

223

诗歌的格局是由见识决定的，这句话有一定的道理。所谓见识，应该是指我们对诗歌的总体把握，并以深入的分析获得有利于我们的对诗歌的理解。这里面所要求的东西其实是很复杂的。首先要求的是我们的态度，即以什么样的心态来看待自己的写作，并能够有意识地设计出自己的写作方向。另外一点则是，不在写作中计较自己的作品应该获得什么样的评价，将其真正置于一种历史的大框架中看待。如果我们的写作中能够经得起放在一个总体的文化场域内被考量，那才可能真正获得了意义。这一点有一个很重要的衡量尺度，诗歌应该经得起比较。没有经过比较的诗歌，在我看来是值得怀疑的诗歌。只有经过与历史中的作品的比较，我们才能明晰自身作品的优劣在什么方面。所以，认真地看清楚这些，是写作的基本要求。这样一来，我们时时需要做的工作不是别的，是要把自己对诗歌的认识提升到整个诗歌史的范围内来考虑，从而从纵向与横向两个方面，发现自身写作的路径。这一点，是必须要做的工作。我因此反对那些不能被放置到更大的格局中谈论的诗。我认为，诗从来不是自身独立的产物，它存在的意义在于，它是一种历史产物，它的价值必须由历史的比较而获得。

224

每一代诗人都会评估过往诗人的成就，从中找到与自己的写作能够发生关联的那些诗人，由此建立起自己的诗歌传统。在这一过程中，有些过去的诗人会被反复提及，有些在某一个时间段会成为谈论得比较多的人物。如果一个诗人成为被反复提及的人物，我们似乎可以肯定地说，这位诗人的经典性是确定的。但是，我个人更感兴趣的是那些只在某一个时段被提及，并由这一时段被赋予经典地位的诗人。我关心的是为什么会出现这样的事情。在那样一个时间段，人们对诗歌的认识到底出现了什么样的不同于其他时段的看法。为什么在另外的时段这样的看法又被抛弃了？说起来这是一个有趣的问题。这里面肯定涉及了“需要”这样的原因。这一点与历史上的政治表达有相似的地方。历史上这方面例证的确很多。像秦时以法家思想治国，这是用强力约束人的精神、制造社会的向心力、用暴力达到有效管理的方式。说了上面的一堆话后，我的意思是当代中国诗坛，杜甫成为被提及最多的诗人，很多写作者都言称杜甫在写作的指导意义上高于其他诗人。为什么？是因为当代世界把人类的困境一再地以非常具体的面目呈现在我们面前，对困境的深切体会，带来了对处境的不断反思吗？杜甫对待命运的态度的确会促进写作者更广泛、深入地思考。

225

今天的人在谈论文学，尤其是谈论人时，特别爱用类比。由此近几十年来我们听到了不少的诸如——“中国的里尔克”“中国的帕斯捷尔纳克”“中国的高尔基”之类的评价。当然，听得最多的，则是“当代杜甫”“当代苏东坡”这样的套用。时至今日，我已经见到了中国诗坛出现了好几位“当代杜甫”。这种评价真是让人闻之吓得半死。细想一下，如果当代真的出了好几位杜甫，那还了得，民族的文化复兴还不早就完成？不要说被称为文学的黄金时代的唐宋没有办法比，世界上任何一个民族，任何一种文明的文化成就都没法比。只是细细阅读那些被冠以“当代杜甫”的诗人的作品，除了让人觉得命名者真是胆子大以外，就剩下无知这一形容词了。其他的不说，就以杜甫在生命最后几年写下的作品来说，中国诗人中有谁能做到阔大与深入，细腻与豪放被浑然一体地置于诗歌之中呢？很多时候，我读其写于夔州的几组诗，像《九日》《秋兴八首》《诸将》等，最大感受即是,杜甫总括事物的能力,的确是罕见的。不单是当代，中国诗歌自有以来，几乎没有人能够有他那种纵横捭阖、气贯万里的能力（屈原可能也有）。所以在我看来，杜甫只能是空前绝后的伟大诗人。那些动辄说什么“当代杜甫”的人，实在是让人不得不认为是胆大妄为。除了让人看到无知和急功近利，真的是什么都不能说明。

226

萧驰先生的说法很有意思。他说杜甫是中国诗人中第一个将“山水”转换成“山河”来谈论的诗人。而在这一转换中，自然被家国代替了。读杜甫的诗的确让人有这样的感觉，他是在家国的意义上面对自然的。因此他的诗里面总是有对时局的感叹。哪怕他谈论节令变化带来的冷暖寒暑感受，仍然能够让人从中感到国家动荡带来的疼痛。从这一点可以看出，杜甫的确不同于其他诗人，他的内心一直与社会联系在一起，他真的是一个关注社会的诗人。也正是关心社会，所以顾随在谈论他时说，有时候他觉得杜诗有一种局促的紧张感。顾随的这种说法我并不是完全认同,觉得“局促”一词可以商榷。但在我看来正是某种紧张感带来了杜诗的凝重。就对中国古之山水的谈论而言，杜诗面对自然，总是将之精神化了。我自己尤其喜欢“无边落木萧萧下”一句,对“萧萧”二字带来的阔大、苍凉的视听效果十分着迷。但读这一句，在眼前出现的生动的景象则关乎到家国和个人际遇。其实，说到写山水诗，中国诗歌越是发展到后来，主观的侵入越是明确，像韩愈的与山水有关的诗，美与丑的分辨，完全在自己现实遭遇的具体情形下转换。过去古人评论中说韩愈的一些山水诗写得太怪，主要亦指出他总是把现实处境搁在了描写对象身上。这一点，我觉得对于我们今日写与自然有关的作品时，有一种参考作用。

227

“对称”在中国审美中一直是明确存在的。这就带来了中轴线这样一种存在。那么我们是否需要在具体的诗篇结构中设计中轴线呢？这是一个可以考虑一下的问题。或许换一种说法，在诗歌中必须考虑均衡问题。中国古典诗发展到最后，尤其是律诗的出现，应该说是对均衡做了最重要的考量，因此它呈现出了四平八稳的形式。现代诗怎么做到这一点？或者需不需要做到这一点呢？我认为应该对之有所认识。目前我们看到的大多数诗，总给人一种偏移、偏执的感觉，好像是以一种反均衡的样态出现。这是新诗歌必然的路向吗？构成这种意识的思想基点在什么地方，是与当代社会生活的混乱、离散形态的一种对应吗？还是由语言变化带来的？有时候，我对这种失衡的状况有些看法，另一些时候，又觉得这是很好的事情，因为这里面有一种审美的反动。这种反动是一种进步呢，还是放弃？作为问题值得考虑。

也许，它的确有打破均衡的想象。看现在各个领域发生的审美性变化，“对称”似乎不再成为重要的构成原则。为此在诗歌上似乎也需要做点什么。这些问题让我觉得的确是有趣的。